Marchesa Colombi

In risaia

Texte et illustration de couverture : © domaine public
Edition : Culturea (Hérault, 34)
Contact : infos@culturea.fr
Retrouvez notre catalogue sur http://culturea.fr
Imprimé en Allemagne par Books on Demand
Design typographique : Derek Murphy
Layout : Reedsy (https://reedsy.com/)

Dépôt légal : janvier 2023

ISBN : 9791041841752

IN RISAIA

C'era un cascinale tra Novara e Trecate, con un tenimento annesso coltivato ad orto.

Ci si giungeva per un viale senza alberi costeggiato da una siepe viva di robinie, che metteva nel cortile. In fondo al cortile c'era la casa; dietro la casa si stendeva l'orto.

A destra di chi entrava nel cortile passava una fonte, un canale scoperto, che serviva ad irrigare il terreno, a lavare erbaggi e panni, a far diguazzare le oche.

La casa somigliava a tutte le case coloniche del basso novarese. Dalla parte della fonte, c'era un fienile, e sotto il fienile la stalla. Nel corpo della casa, ai due lati, s'aprivano due usci a terreno, che mettevano a due cucine. Quella a destra aveva annessa un'altra camera, grande egualmente, che era stata divisa a metà da un tavolato, per farne un forno sul di dietro della casa, ed una stanza da letto sul davanti. Questo alloggio occupava due terzi del piano terreno. L'altro terzo era formato dalla seconda cucina a sinistra.

Una scala di legno, all'aperto, metteva ad un balcone di legno anch'esso, sul quale aprivano due usci, sovrastanti a quelli del piano terreno.

L'uscio a sinistra metteva in una camera da letto unica, come la cucina di sotto. L'uscio a destra metteva a due camere da letto, una sopra la cucina, l'altra sul forno e sulla cameruccia terrena.

Quel cascinale s'affittava in due lotti. Il primo — la cucina e la camera di sopra, con un terzo dell'orto — era passato in parecchie mani, perché era meschinuccio, e non ci si cavava da vivere. Nell'altro più grande, abitava da tempo immemorabile una famiglia Lavatelli, ormai ridotta al babbo ed alla mamma, con un figlio ed una figliola.

Nanna, la figliola dei Lavatelli, aveva passata l'infanzia a custodire le oche. Ne aveva dodici, e davano della bella piuma, che Maddalena, come tutte le buone mamme, metteva da parte ad ogni spennatura, ed accumulava per farne poi il letto nuziale della fanciulla

E Nanna andava superba delle sue oche, e di quegli apparecchi fatti per lei.

Quando la figliola ebbe poco piú di dieci anni, la mamma disse:

— Bisogna cercare un'altra piccina per condur fuori le oche. I fanciulli che custodiscono le vacche, e le fanciulle che guidano i paperi, si scontrano nei campi, e si baloccano insieme. E questo è bene soltanto nell'età dell'innocenza; e Nanna ha dieci anni, l'età dell'innocenza è passata.

Martino trovò tutta la profondità di giudizio dei sette Savi della Grecia in quelle sentenze della sua massaia. Le oche vennero affidate ad una bambina di otto anni e, cresciuta quella, ad un'altra; erano custodite dall'aprile al novembre per 50 centesimi ogni oca. Facevano sei lire all'anno, che la famiglia spendeva per evitare a Nanna la comunanza di giochi coi piccoli mandriani.

E Nanna andava superba anche di questo, che le dava una certa superiorità sui suoi compagni.

Quando li scontrava, o li vedeva passare al di là della siepe, e le gridavano:

—Eh! Nanna! Non vieni piú fuori colle oche? — ella rispondeva:

— La mamma non vuole piú, perché non ho piú l'età dell'innocenza.

Ma ci metteva un orgogliuzzo come se dicesse: — Perché sono una principessa. — E soggiungeva dandosi importanza:

— Noi paghiamo la Margheritina perché stia a curare le mie oche — ed ancora aveva l'aria di dire: — Abbiamo della servitú.

Non ci metteva malizia; punto. Era quel tantino d'orgoglio che è comune ai figlioli, i quali vedono i parenti continuamente preoccupati di loro. Pensano: — Se si danno tanta briga di me, vuol dire che sono un piccolo personaggio di conto.

Del resto l'orgogliuzzo di Nanna non le impediva di lavorare nell'orto nella misura delle sue forze e della sua capacità. Non le veniva nemmanco in mente che si potesse sdegnare il lavoro. Mondava le aiuole, raccoglieva gli erbaggi, li lavava alla fonte, aiutava a disporli nei cesti che la mamma portava poi sul mercato di Trecate o di Novara.

In quel cascinale, quando Nanna aveva dieci anni non c'erano altre bambine; e gli inquilini dell'alloggio a sinistra, appena vedevano la fanciulletta le gridavano in tono vezzeggiativo:

— Hai sradicate le carote? — oppure — Stai lavando l'insalata, Nanna? Oh la brava bimba! Sembri una donnina.

E se scontravano il suo babbo o la mamma: — Buon dí Martino; buon dí Maddalena; e la Nanna?

E la sera, che si passava d'estate nel cortile, sulla trave stesa contro il muro di casa a guisa di panca, e d'inverno nella stalla, era sempre Nanna che girellava intorno, un po' accanto all'uno, un po' accanto all'altro. Interrompevano i discorsi per giocare con lei; le chiudevano gli occhi per farle indovinare chi fosse; le narravano fole, s'intrattenevano dei suoi trastulli e de' suoi piccoli interessucci da bimba. Il fratellino, tra perché era un maschio, tra pel suo carattere taciturno e selvatico, non attirava i vezzi; stava in disparte.

Cosí Nanna si avvezzò ad occupare la gente di sé. Era naturalmente appassionata; e quell'attenzione esclusiva che le accordavano le creava intorno un'atmosfera d'affetto in cui si trovava bene ed era contenta.

Il tempo passò. Nanna venne su grande, e si fece bella. Non aveva una robustezza esuberante; ma era sana e forte assai, per una fanciulla cresciuta in quelle pianure contornate da risaie, sepolte nei vapori malsani delle praterie.

Era magrina ma aggraziata; alta, con un visetto tondo, due occhi grigi larghi larghi, una boccuccia stretta; ed il labbro superiore troppo corto lasciava sempre scoperti i denti incisivi.

Aveva i capelli di quel biondo opaco, gialliccio, senza riflessi, che è generale nelle contadine, le quali bagnano il capo coll'acqua nel pettinarsi, e stanno esposte al sole. Ma erano folti, lunghi, e quando, la sera del sabato, la mamma glieli scioglieva nel cortile per rifarle l'acconciatura, le facevano uno splendido mantello che le ricadeva fin sotto le ginocchia. E sebbene, a pettinatura compiuta, fossero stretti sulla nuca in due treccie serrate come corde, non si poteva fare a meno di notare che formavano un grosso volume, e che, disposti altrimenti ed altrimenti curati, sarebbero stati meravigliosi.

La carnagione era come i capelli. Avrebbe potuto essere bellissima. Era di natura bianca, liscia, fina; ma il sole e l'aria l'avevano abbrunita un pochino, di un bruno lieve e dorato.

Ad onta di questi néi, però, Nanna era bella, e certo non figurava male accanto alle altre fanciulle, perché nessuna era piú bianca e meglio bionda di cosí. Le contadine dal volto fresco di latte e di rosa, e dalle chiome d'oro, sono roba da Arcadia

Una sera d'inverno, mentre la famiglia radunata in cucina, stava cenando prima d'andare nella stalla a veglia, la mamma disse:

— Ora la Nanna è una giovane da marito.

— Quanti anni ha? — domandò il capo di casa, che, nella sua superiorità da uomo, non si occupava a tenere il conto esatto di quei particolari.

— Ne ha due piú di Pietro. Fate il vostro conto. Alla seminagione dei risi saranno diciassette. Vi ricordate che quell'anno non ho potuto andar in risaia perché ero nei quaranta giorni?

— Che cosa sono i quaranta giorni, mamma? — domandò Pietro.

— I quaranta giorni sono... quaranta giorni! — disse Maddalena coll'aria furba di chi ha trovato una scappatoia ingegnosa; e soggiunse:

— Non si avrebbe mai a parlar di nulla davanti all'innocenza. — Cosí non c'era piú pericolo che Pietro, a quattordici anni, non indovinasse che là sotto c'era un mistero. Poi riprese il discorso interrotto:

— Dicevo che Nanna ha diciassette anni a momenti, e bisognerà comperarle gli spilloni d'argento. Questo carnevale potrebbe andare a marito; ma, se non ha l'argento in capo, nessun giovane si presenterà

Questo era vero; quella brutta e fredda aureola di metallo, è l'armatura di cui si rivestono le fanciulle delle nostre campagne per entrare nella lizza amorosa. Vi sono nei musei ornitologici parecchi uccelli che, all'epoca dei loro amori, si ricoprono di penne eccezionalmente splendide; le nostre contadine mettono gli spilloni nelle treccie; sono le loro penne d'amore.

Era vero; ma le annate non correvano buone. Gli orti rendevano pochino; l'affitto era gravoso, ed il proprietario metteva un'esattezza desolante nel riscuoterlo.

La massaia sottopose alle savie riflessioni del marito questi due fatti indiscutibili: 1° — Che gli spilloni costavano almeno tre lire ciascuno; 2° — Che per farne un bel giro ce ne volevano ventiquattro.

— Settantadue lire! — disse Nanna che aveva già fatto e rifatto a sazietà quel conto sulle sue dieci dita e, da circa un anno, si addormentava ogni sera verificandolo, poi lo sognava la notte.

— Settantadue lire?! — gridò Pietro al colmo della meraviglia. — Ci sarebbe da comperare tre maialini e mezzo! — e guardò con una specie di venerazione quella sorella, che doveva portare tre maialini e mezzo intorno alle sue treccie bionde.

— Settantadue lire! — sospirò la mamma chinando piú e piú volte il capo come per dire:

Sí, è proprio questa somma enorme che ci occorrerebbe.

Ed il babbo gemette anch'esso:

— Settantadue lire! Come si fa?

III

Nell'inverno, quando Maddalena e la figliola stavano a filare nella stalla colle vicine, ci capitava qualche giovinotto; e fra gli altri ci capitava Gaudenzio, un carrettiere che faceva trasporti di calce, ghiaia e letame pei proprietari dei dintorni; e qualche volta comperava piccoli carichi di legna da ardere, e li rivendeva poi per suo conto sul mercato di Novara.

Quel Gaudenzio era l'ammirazione di tutte le fanciulle del circondario.

— Ha tutta l'aria d'un cittadino — dicevano.

Ed ecco perché Nanna pensava e sognava gli spilloni d'argento.

Quando vedeva Gaudenzio camminare, colle mani in tasca, i gomiti indietro, respingendo una spalla poi l'altra, e piegandovi dietro la testa a misura che avanzava l'una poi l'altra gamba, Nanna diceva tra sé:

— Ah! Come cammina! Ecco; è cosí che debbono camminare i signori di Novara.

Gaudenzio portava la capigliatura divisa sulla tempia sinistra, e rialzata sulla destra in un enorme ciuffo di setole ritte, come tanti pugnali che sfidassero il cielo. E proprio sulla discriminatura, posava un cappellino minuscolo, che non aveva la menoma proporzione colle dimensioni spropositate del suo capo e della sua zazzera. Lo schiacciava là, con un'estremità della tesa sull'orecchio sinistro, e l'altra ritta in su, in linea verticale. Era prodigioso, come quel cappello stesse là sospeso tra cielo e terra. No; non c'era altri come Gaudenzio per saper vestire e farsi bello; Nanna ne era profondamente convinta. E Gaudenzio poi! Egli si credeva affatto irresistibile. Si presentava nelle stalle dinanzi a gruppi di belle ragazze coll'aria spavalda, dondolandosi sui fianchi, e sorridendo beatamente. E da tutta la persona s'indovinava la fatuità de' suoi pensieri. — Eccomi qui, son bello eh? A voi; chi mi piglia? Mi vorreste tutte, nevvero?

Ed ogni volta che volgeva il discorso ad una ragazza, il suo povero cervellino pensava:

— Ecco una fanciulla fortunata; ed eccone altre che la invidiano!

E dire che era proprio cosí! Le donne volgari si riconoscono a questo sintomo. Vestano di cotonina o di seta, abitino una cascina o un palazzo, vadano scalze o si facciano trascinare in carrozza, amano sempre la spavalderia dei Don Giovanni.

— Ah! Se avessi l'argento! — sospirava Nanna nel suo giovane cuore.

Ma, l'avesse pure avuto, Gaudenzio non era uomo da apprezzare quella bellezza delicata. Il bello ideale era arabo o sanscrito per lui. Ammirava le spalle tarchiate, i fianchi sporgenti, le gambe grosse come colonne, i petti turgidi da squarciare il corsetto, le guancie infiammate.

8

— Che bel pezzo di donna! — esclamava quando vedeva qualcuna di quelle contadinotte massiccie che scoppiavano di salute. — Che petto! Che fianchi! Quella è ben piantata! Forte come un tronco! Bella donna, per bacco!

E Nanna, poveretta, che non so se credesse all'infallibilità del papa, ma senza dubbio aveva una fede cieca nell'infallibilità di gusto del carrettiere, desiderava quel petto spropositato, e quei fianchi volgari; guardava con rincrescimento la sua personcina snella; e sospirava umiliata, considerando le rotondità rosee ma lievemente ricolme del suo seno verginale.

Intanto però, il lungo riposo dell'inverno, lo stare continuamente rinchiusa al riparo dalle esalazioni malsane di quelle pianure, ed il freddo salutare che rinvigoriva l'appetito, riescirono a dare una floridezza tutta nuova alla persona di Nanna, che si vedeva, con gioia indicibile, arrotondata e colorita come non era stata mai.

Quell'anno il carnovale era lunghissimo; durò fino ai primi di marzo. L'ultima sera i giovinotti giunsero mascherati nella stalla, ed uno aveva la fisarmonica per far ballare.

Gaudenzio s'era fatto dei calzonacci alla turca colla vecchia gonnella d'una massaia ed aveva attorcigliato intorno al capo uno scialle di lana a foggia di turbante. Il volto era coperto da una pezzuola; ma lo riconobbero all'andatura, ed alla maniera meravigliosa di posare il turbante sull'orecchio.

Tutte le fanciulle gli furono intorno; ed avrebbero giurato sul vangelo della parrocchia che in tutta la Turchia non c'era un turco piú bello di quello là.

Nanna al vederlo ripensò con delizia che quel giorno il suo vestito da festa s'era trovato un po' stretto all'altezza del seno, e si assicurò colla mano, che rimaneva proprio aperto un palmo sotto la pezzuola.

Ella pure si fece innanzi impettita a salutare il bel Turco; ed egli le dimostrò la sua approvazione facendole danzare una polka, e le disse:

— Ora sí che va bene. Cominciate a mettervi un po' di carne intorno. I vostri gomiti non pungono piú, le gonnelle non vi cadono piú dai fianchi — ma dicendo soltanto cosí, per rispetto alla modestia, egli fissava gli occhi sulla pezzuola che copriva l'apertura dell'abito sul petto.

— È tutta fatica de' miei denti — rispose Nanna con piglio indifferente. — Ma quei commenti indiscreti sulla sua persona, sebbene la facessero arrossire come una fragola, scesero dolci nel suo cuore; le parvero note d'amore, e piú e piú volte se le ripeté nel pensiero, e ne fu inebriata, come lei, elegante lettrice, s'inebriò della romanza soave che scrisse quel tal giorno, nel foglio piú riposto del suo albo, un poeta sospirato e bello.

IV

Dopo quel discorso fatto in principio d'inverno, e chiuso penosamente da un *«Come si fa?»* sospirato dal capo di casa, non s'era piú parlato di mettere a Nanna gli spilloni d'argento.

Ma, finito il carnovale, si cominciarono a commentare i matrimoni combinati nelle stalle per celebrarsi poi alla Pasqua.

E Maddalena disse:

— La tale ha l'età di Nanna; e la tal altra ha appena un anno di piú; e la sorella di Menichina ha sei mesi di meno; e nessuna ha da parte una provvista di piuma come la nostra Nanna; se avesse avuto l'argento l'avrebbero domandata in moglie anche lei.

Quanto a Martino, pover'uomo, non la vedeva cosí male che la sua figliola rimanesse ancora un po' di tempo in casa. Ci aveva gusto a guardare quel volto chiaro e quella testa bionda, che risaltava come una bella pittura sul fondo grigio della cucina. E quando la vampa sorgeva impetuosa nel focolare, e trovando nella pentola un ostacolo a salire, le guizzava intorno, l'avvolgeva tutta come per divorarla, e Nanna si piantava dinanzi al camino armata della mestola per impedire alla minestra di traboccare, Martino godeva un bel momento seguendo coll'occhio le linee eleganti di quella macchietta scura in quella cornice fiammante.

Non ne diceva nulla; non era uomo da espansioni; ma gongolava tutto di dentro, al pensare che quella bella grazia di Dio era la sua figliola.

Tuttavia la sua donna pareva cosí offesa che Nanna a diciassette anni non avesse ancora trovato marito, ed anche Nanna se ne mostrava cosí mortificata, che il babbo ricominciò i suoi calcoli.

— Ecco; fino a trenta lire potrei arrivarci — disse.

La moglie alzò le spalle, e la figliola si mise a gridare:

— Cosa possiamo fare con trenta lire?

— Ma, se non ne ho di piú! Volete che vada a rubare?

Pover'uomo. Trenta lire! Trenta giornate di sudore; trenta goccie del suo sangue! Le dava, là, sulla tavola, per comperare degli spilli; lui, che viveva di legumi e cattivo pane di grano turco; e mangiava appena un po' di carne nelle grandi solennità; e beveva acqua tutta la settimana; e lavorava da un capo d'anno all'altro come un condannato! Era magnifico d'abnegazione; era generoso; era grande. E disprezzavano il suo dono! Se avesse potuto misurare tutta l'immensità di quell'ingiustizia, avrebbe detto che le sue donne erano ingrate e crudeli.

Ma non disse nulla. L'uso rendeva quella spesa cosí indispensabile, che l'esigenza delle donne era giustificata ai suoi occhi; egli era crucciato soltanto di non poter dare di piú. Tornò a borbottare:

— Se non ne ho!

— Io potrei andare a zappare i risi quest'aprile — disse Nanna.

— Non potresti fare piú di trenta giornate — osservò Maddalena — perché alla metà di maggio la zappatura dev'essere finita. Trenta giornate, a settantacinque centesimi al giorno.

— Farebbero ventidue lire e cinquanta centesimi — disse Nanna, che aveva il bernoccolo del calcolo. — Mancherebbero ancora venti lire.

— Se non mi avete bisogno a casa, posso andare in risaia anch'io — propose Pietro.

— Sicuro! — appoggiò il babbo, contento di trovare quella soluzione relativamente facile al difficile problema. — Hai quindici anni, puoi guadagnare anche tu settantacinque centesimi; la paga d'una donna.

Pietro era felice di contribuire alla grande spesa dell'argento. Aveva il carattere di suo padre; era buono sino al sacrificio; aveva l'istinto del bene, e lo secondava.

V

I due fanciulli andarono un martedí con Martino sul mercato di Novara, e trovarono subito un proprietario che li accordò per settantacinque centesimi al giorno, come aveva previsto Maddalena. Del resto era la paga ordinaria C'era da lavorare dalla metà d'aprile fino alla metà di maggio, e senza scostarsi molto dal paese. Il fondo da zappare era sul territorio novarese, presso Galliate. Il proprietario forniva anche la minestra due volte al giorno, e due ettogrammi e mezzo di pane di grano turco.

Sul mercato Nanna e Pietro scontrarono vicini e conoscenti che erano venuti a cercar lavoro come loro; e parecchi furono accordati dallo stesso proprietario.

— Possiamo fare la strada insieme quando s'andrà in risaia — dissero parecchie fanciulle di Trecate — ci saranno anche Teresa di Menico, e la Margherita.

— Sicuro — disse Nanna. — Voi altre che siete piú lontane, entrerete a pigliarci passando.

— Ti piace lavorare in risaia? — domandò a Nanna una compagna.

— Non ci sono mai stata; e neppure Pietro. Ci si va per comperarmi l'argento; il babbo non può fare quella spesa.

— Infatti, è tempo che tu abbia l'argento. Non c'è male, sai, laggiú in risaia. Tutto sta ad avvezzarcisi. Si va sul lavoro alle sette del mattino; poi c'è mezz'ora per far colazione; poi di nuovo a lavorare fino a mezzodí, ed allora c'è un'ora pel desinare. Danno la minestra di riso e fagioli, ed il pane; e se hai del tuo da mangiare insieme, bene; altrimenti mangi il pane solo; ma alla fine della settimana è duro assai, ed acido; è meglio che tu badi a serbare la pietanza, se ce l'hai, pel venerdí ed il sabato; con un po' di formaggio insieme, l'acido del pane si sente meno. Dopo il pranzo si lavora fino alle sei del pomeriggio. Poi si cena, e tutto il rimanente della sera si è in libertà.

— Grazie tante! Dopo esser state nove ore e mezza colla zappa in mano — disse Nanna.

— È lungo, sí; ma si sta allegramente. Abbiamo messo il patto che ci sia l'organo. S'era in nove noi di Trecate, e ci siamo poste d'accordo di domandare l'organetto. Il padrone lo ha concesso, e dopo cena, una volta o due la settimana si ballerà.

Nanna, a dir vero, sebbene laboriosa, non aveva mai fatto giornate di nove ore e mezza; ma la gioventú è ardimentosa.

— Quello che fanno le altre potrò farlo anch'io — pensò Nanna.

La comitiva dei giornalieri partí da Trecate nel pomeriggio d'una domenica dopo i vesperi, e ad ogni cascinale si andò ingrossando. Quando giunse dai Lavatelli era già numerosa. In capo al viale giovani e fanciulle smisero di cantare. Alcuni si fecero innanzi fino al cortile gridando:

— Nanna! Pietro! Siete pronti?

Gli altri si fermarono a gruppi, parte sulla strada, parte lungo il viale, chi in piedi, chi seduto a terra, ciarlando o canticchiando a mezza voce.

I due giovinetti erano in punto per la partenza vestiti da festa.

Portavano un involtino di abiti da lavoro e qualche cosuccia da mangiare col pane; ecco tutto il loro bagaglio.

Era la prima volta che si separavano per qualche tempo dai loro genitori. Eppure, cheché sentissero dentro, i saluti non furono teneri. I contadini esagerano il pudore dei sentimenti, anche dei piú legittimi. Ai loro occhi l'espansione è qualche cosa di signorile, una superfluità smorfiosa che disdice colla rozzezza delle loro abitudini. Le carezze le lasciano ai bambini ed agli sposi. E questi ancora, dinanzi alla gente, li nascondono con un mondo di male grazie.

— Addio babbo! Addio mamma! — Gridarono i fanciulli sgusciando lesti dall'uscio della cucina.

— Addio, ragazzi! — disse il babbo. — State sani e di buona voglia.

— E non dimenticate le orazioni mattina e sera — soggiunse la mamma.

E l'uno e l'altra uscirono dietro ai figliuoli, e li accompagnarono lungo il viale fin sulla strada

Là tutta la brigata si raggruppò. — Le donne davanti in una lunga fila che prendeva tutta la strada. I giovani dietro.

Nanna prese i suoi zoccoletti in una mano come le compagne, per camminare piú lesta, e corse ad unirsi alle altre giornaliere.

Pietro si schierò coi giovani.

— Addio figlioli! Che il Signore vi assista — gridarono ancora i vecchi.

— Addio babbo! Addio mamma! — ripeterono un'ultima volta i ragazzi.

E Nanna agitò in alto gli zoccoletti in segno di saluto, poi tutti si avviarono ripigliando in coro la canzone interrotta.

Quella sera la casa parve triste a Martino. E Maddalena si lagnò che il camino faceva molto fumo e le dava il bruciore agli occhi.

Aveva gli occhi rossi e gonfi davvero, povera donna, ma di fumo non se ne vedeva punto. E Martino, che se ne avvide, disse con un sospiro penoso, come se avesse un'incudine sul petto:

— Ma? E che ci vuoi fare? Quando si è poveri ci vuol pazienza!

VI

Il lunedí fino dalle sette del mattino il vasto piano della risaia era gremito di giornalieri. Le donne in gonnellina corta, coi piedi scalzi, ed una pezzuola a colori vivi sul capo; i giovani coi calzoni rimboccati, e la camicia bianca. Facevano delle belle macchiette; era una scena vivace, animata per chi la guardava dalla strada che costeggiava la risaia; ma gli attori sudavano a grosse goccie.

Nanna si provò a cantare, ma non le riescí. Lo sforzo di maneggiare la zappa e d'incidere il terreno, la faceva sussultar tutta di dentro ad ogni colpo.

— Non si può cantare — disse.

— No — rispose una delle fanciulle di Trecate, che lavorava accanto a lei. — Sai pure che zappando non si canta. Non hai mai provato a zappare?

— Sí; infatti non cantavo; ma non zappavo neppure tante ore cosí.

— È alla mondatura che si canta, ed anche alla mietitura — rispose la Teresa, la vicina di Nanna.

— Ora è triste il lavoro — sospirò la fanciulla.

— Sí, è triste; ma questa sera si ballerà sull'aia per inaugurare la zappatura

— Conosci Gaudenzio il carrettiere? — domandò ad un tratto Nanna, a cui l'idea di ballare aveva suggerita quella piú attraente di ballare con Gaudenzio.

— No, non lo conosco — disse Teresa.

— Ah! Quello è un ballerino! Va come l'olio.

— Ma qui non c'è.

— Può darsi che ci capiti. La mia mamma mi ha detto che, se avrà da fare dei trasporti da queste parti, lo manderà qui a portarmi qualche cosa da mangiare col pane. Allora lo vedrai.

— È il tuo innamorato?

— Oh no! Non ho ancora l'argento. — E Nanna si sentí tutto il sangue salire al viso a quella domanda della compagna; ma non poté arrossire di piú. Lo sforzo del lavoro le aveva infiammate le guancie come due belle foglie di peonia. Lasciò quel discorso e continuò a lavorare in silenzio. Ma la giornata non le parve troppo gravosa, e passò lesta assai. Essere l'innamorata di Gaudenzio! Era un tema su cui c'era un'infinità di motivi da ricamare; tornare insieme dai vespri la domenica, ed andare adagio lungo la via, uno accanto all'altro, e dirsi tante cose...

Nanna non le sapea le cose che si dicono gli innamorati; ma era certa che dovevano esser belle; al pensarci si commoveva come alla musica delle litanie. E poi, i piccoli urti col gomito, e le occhiate lunghe lunghe... Oh, quelle le aveva vedute spesso tra amanti.

La sera però, malgrado la compagnia di quei pensieri belli che le avevano alleviato il lavoro, Nanna era stanca a morte, e disse:

— Io non ho voglia di danzare. Starò a vedere gli altri — e andò a sedere sulla trave dinanzi alla fattoria, mentre i giornalieri ballavano là davanti, sull'aja.

Tutt'intorno, sopra i terreni coltivati, si vedeva una nebbia fitta, bianca, sollevarsi fino all'altezza d'un uomo. Pareva che quelle pianure fumassero, o che fossero un vasto lago, ed il cortile ci stesse nel mezzo come un'isola. A distanza si sarebbe veduta la stessa nebbia, appena meno densa, avvolgere anche il cortile, e la casa, e l'organetto e le danzatrici.

Infatti Nanna sentí un umidiccio penetrarla fino alle ossa; ed il freddo la prese tutta; aveva i brividi.

— Stanca o no, bisogna ballare — disse. — A star qui ferma il gelo mi va fino al midollo. E si mise a danzare colle compagne, che sudavano, ed ansimavano come soffietti.

VII

Il giovedí, mezz'ora circa prima del desinare, Nanna udí ruotare un carro sulla strada maestra accanto alla risaia. Piantò la zappa in terra, se ne pose il manico sotto il braccio come una gruccia, e si voltò a guardare.

Le parve di riconoscere il carro, ed il cavallo di Gaudenzio; ma non vide né davanti, né di dietro, né ai lati, la figura meravigliosa del carrettiere. Ad un tratto si udirono due o tre colpi di frusta strepitosissimi, ed in certa maniera modulati. Erano colpi di mano maestra. Non poteva essere che la mano di Gaudenzio.

Nanna sussultò tutta quanta, e rimase col collo proteso, e la bocca aperta in un sorriso di beata ammirazione, che le irradiava tutto il volto. Quel Gaudenzio aveva tutte le attrattive!

Nanna non poté frenare il suo entusiasmo. Si volse alla vicina e le sussurrò con accento giulivo:

— Oh, Teresa! È Gaudenzio!

— Dov'è? — domandò l'altra.

— Laggiú sulla strada. Non vedi quel carro? È il suo. Egli dev'essere steso sopra la legna...

In quella si ripeté il piccolo concerto di frusta, e Nanna, ridendo di gioia, riprese:

— Che demonio! Anche per maneggiar la frusta, non c'è che lui!

E mentre rideva e rideva, una voce tremenda gridò:

— Ooh! Nanna! Ooooh!

— Oooooh! — rispose Nanna con quanto fiato aveva in corpo facendosi un portavoce colle mani intorno alla bocca — Siete voi Gaudenziooo!?

— Sííí. Vado ad aspettarvi sull'ajaaaaa!

Quel resto di mezz'ora fu lungo a passare. Se fosse stata a lavorare sul suo, Nanna avrebbe buttata là la zappa, e via!

Ma lavorava per altri, e dovette tirar innanzi fino all'ora del desinare. Finalmente, se Dio vuole, suonò il mezzodí, e tutti i lavoranti si raccolsero sull'aja.

Nanna ci andò cogli altri, affettando di camminar lenta, come se non avesse punto premura.

Il bel Gaudenzio si fece innanzi dimenando i fianchi, e le disse:

— Come va, Nanna? — ed intanto girava gli occhi sulle zappatrici, ed ammiccava alle piú prosperose ed ardite.

— Bene, e voi, Gaudenzio? E la mamma, e il babbo?

Stavano bene tutti e due. La mamma aveva mandato un pane fresco pei figlioli, del formaggio ed un salame, colla raccomandazione caldissima di non mangiarlo nei giorni di magro.

Pietro venne a raggiungere la sorella, ed a prendere la sua parte di doni e di notizie.

Intanto si distribuí la minestra ai giornalieri.

Le donne sedettero tutte da un lato, chi a terra, chi sulla trave addossata al muro. Gaudenzio s'accordò colla massaia, pagò pochi soldi, ed ebbe egli pure la sua scodella di minestra.

Ah! Era allora che bisognava vederlo! Si pose in piedi davanti alle donne, appoggiato sulla gamba destra, col piede sinistro innanzi, ed il busto respinto indietro come se stesse per partire a passo di valzer. Teneva alzate le dita della mano sinistra in cerchio a foggia di coppa, e sulla punta delle cinque dita reggeva il fondo della scodella. Pareva un giocoliere in atto di slanciarla nello spazio, per afferrarne poi il centro sulla punta della sua bacchetta, e farla rotare.

Nanna era al colmo dell'entusiasmo. Guardava lui, poi si voltava a destra ed a sinistra a guardare le giornaliere per godere della loro meraviglia. Ed i suoi occhi animati e curiosi come due punti interrogativi, parevano dire: — Eh? Che giovane questo! Ebbene, sono io che lo conosco; e, se è qui, c'è venuto per me.

E, come per affermare questa superiorità sulle altre, gli gridò:

— Buon appetito, Gaudenzio.

— Buon appetito alla compagnia — rispose Gaudenzio cui la vanità non permetteva di fare o dire una cosa che non richiamasse su lui l'attenzione di tutti.

Quella sera Gaudenzio non poté trattenersi a ballare sull'aja, perché gli premeva di condurre un carico di legna a Borgovercelli, ma promise di ripassare al ritorno, e di fermarsi la sera della domenica.

Per tutto il resto della giornata, benché partito, egli tenne un gran posto tra quella gente. Le fanciulle non osavano far commenti, ma ci pensavano, sia per confrontarlo col loro damo, sia per augurarsene uno cosí. E le donne, che erano meno vergognose, e non si consideravano parte interessata, ne parlavano con ammirazione.

— Quello lí non ha paura di nessuno — diceva una — pare un puledro.

— Con che garbo teneva la scodella! — osservò una giovane sposa — Pareva il bambino Gesú che regge il mondo.

A cena i giovinetti, che erano tutti dell'età di Pietro o giú di lí, si provarono a mangiare atteggiati come il carrettiere, ed a reggere la scodella come lui. Ci fu una grande rottura di scodelle, e le donne dissero:

— Cattivo segno. Quando si rompono le scodelle, disgrazie o liti.

Le disgrazie per verità non mancarono.

Quelle giovani che erano partite dalle loro case forti e giulive cantando per via, si facevano ogni giorno piú svogliate e smilze. Due o tre dovettero abbandonare il lavoro dopo le prime settimane, per andare all'ospedale colle febbri.

Nanna pure, al finire della giornata, si sentiva le ossa rotte e le reni indolenzite, come se l'avessero bastonata. Spesso si coricava immediatamente dopo la cena. Ma la domenica, quando c'era Gaudenzio, si faceva cuore, e ballava, ballava fin al completo esaurimento delle forze; un po' con lui per deliziarsi, un po' cogli altri per farsi osservare da lui. Poi anche l'entusiasmo del ballo venne meno, e la quarta settimana passò triste come la settimana di passione.

C'era ancora molto lavoro da compiere, e gli assistenti angariavano i giornalieri per farlo procedere celeremente; si doveva fare anche la parte delle ammalate.

Il penultimo sabato Nanna fu presa dai brividi mentre stava lavorando, e stentò molto a finire la giornata.

— Ho la febbre col freddo — disse la sera a Pietro. — Forse domani non potrò muovermi.

Ma l'indomani stava meglio, e la presenza di Gaudenzio galvanizzò le sue forze abbattute.

Il lunedí stette male ancora; poi il martedí si risentí guarita.

Cosí finí le sue trenta giornate, passandone una buona ed una cattiva. Ma in che stato le finí! Non era piú la Nanna di prima.

Lungo la strada per tornare a casa si reggeva a stento sulle gambe. Anche le compagne camminavano svogliate. Le piú forti cercavano di cantare come quando erano venute; ma erano poche, ed il loro canto s'interrompeva per lunghi tratti.

Nanna ansimava come un mantice. Aveva le labbra bianche. Non era il giorno della febbre; ma la doppia fatica del camminare dopo il lavoro, la pioggia che cadeva da quasi un'ora, l'aria della sera, avevano abbreviata l'intermittenza.

Le pareva che quel viaggio non dovesse finir mai. Contava i paracarri; ce n'erano nove per ogni palo di telegrafo.

— Quanti pali di telegrafo ci sono per ogni chilometro? — domandò. Poi colla sua tendenza speciale al calcolo, si mise a contarli, numerando man mano i nove paracarri, e le pareva di abbreviarsi la strada frazionandola.

Tuttavia rimaneva sempre indietro dalle altre. Non ne poteva piú, Pietro le aveva già preso il suo piccolo bagaglio:

— Appoggiati al mio braccio — le disse — faticherai meno.

Ma Nanna non volle. Le pareva una cosa ridicola andare cosí a braccetto fratello e sorella, come due signori o due sposi.

Quando Dio volle s'udí un carro che si avanzava nella stessa direzione dei giornalieri. Stettero ad aspettarlo.

— Pregate quell'uomo che lasci salire mia sorella sul carro — disse alle donne Pietro che non osava fare egli stesso quella domanda.

— Stupido, va! — Gli rispose una bella sposa a titolo di consenso. E facendosi innanzi verso il carrettiere, che camminava a fianco della sua mula, gli gridò:

— Vorreste lasciar salire sul vostro carro una ragazza che ha la febbre?

— Per me, se vuol salire...; ma è carico di ghiaia; non starà sul morbido — rispose l'uomo senza fermarsi.

— Eh! Il morbido non importa. Purché non cammini. — Ma fermate, dunque.

— Eeeh! Eeeeh! — gridò il carrettiere alla mula tirando le briglie lentamente. — E lentamente il carro si fermò, come lentamente aveva proceduto fino allora.

Nanna, coll'aiuto delle compagne, si pose a sedere dietro il carro, sulla ghiaia colle gambe pendenti.

— Mettiti gli zoccoli — disse Pietro. — Hai i piedi gelati.

— Ma che! Ho tenuti gli zoccoli finora. Quassú li tolgo perché mi cadrebbero, coi piedi penzoloni cosí — E Nanna tirò via a quel modo, scalza, nell'umido e sotto la pioggia.

Ma seduta su quella ghiaia bagnata, ella pensava:

— Se fosse il carro di Gaudenzio! — e col vaneggiar della febbre si figurava che fosse quello, e le pareva di stare sopra un letto di piume.

Il lunedí Nanna stette male; ed il mercoledí peggio.

Il babbo andò a chiamare il medico di Trecate che aveva la condotta dei cascinali del circondario. Ma c'era una lunga distanza che il medico non avrebbe potuto percorrere ogni giorno per vedere l'ammalata. Egli disse:

— È un'intermittente che potrebbe andare per le lunghe. La ragazza ha bisogno di prendere molto chinino, di nutrirsi con cibi sani. È meglio che la portiate a Novara all'ospedale; sarà curata meglio che in casa vostra. Ce ne ho mandate molte che hanno presa la febbre in risaia.

Martino non incontrò il menomo ostacolo a farsi rilasciare la fede di miserabilità. Pover'uomo! Aveva le sue braccia, e le famose trenta lire per l'argento. Null'altro.

Cosí la mattina del giovedí Nanna fu trasportata all'ospedale di Novara sul carro del Comune, e Maddalena l'accompagnò camminandole accanto coi panieri della verdura che doveva vendere al mercato.

I due vecchi avevano trovato la figliola molto malandata. Tuttavia non davano grande importanza a quella malattia. I nostri contadini sono avvezzi alle febbri che ne fanno poco caso.

Essi dicono:

— La febbre terzana i giovani li risana ed ai vecchi fa suonar la campana.

Nanna era giovane, non c'era pericolo.

— E poi la febbre se l'è pigliata in risaia, si sa cos'è — osservava Maddalena. — Povera donna! — Anche il *colera* si sa cos'è. Ma per lei quella considerazione era rassicurante.

Nanna rimase all'ospedale circa due settimane; ed ogni giorno di visita Maddalena andò a vederla colle tasche rigonfie di tali provviste di commestibili, da dare l'indigestione ad un facchino. Ed ogni volta venne frugata alla porta, e le furono sequestrate quelle larghezze, ed entrò dalla figliuola a tasche vuote, brontolando contro i regolamenti severi dell'ospedale.

Però, grazie a quei regolamenti severi, l'ammalata non commise imprudenze, e poté guarire in poco tempo. Martino andò anch'esso a veder Nanna ogni festa; sedeva accanto al letto, spesso stava zitto una mezz'ora, ed era poi tutto impacciato nel dare un bacio alla figliola malata prima d'andarsene. Quando parlava le diceva dell'argento: la mamma lo aveva comperato coi denari di lui uniti a quelli del lavoro in risaia. Erano tutti spilli faccettati, grossi come noci; e lucenti!

— Hai da parere il sole. Non ti si potrà guardare

E rideva, e si mostrava contento, poveretto. Ma nell'uscire dalla crociera, in mezzo a quelle due file di letti azzurri, lasciando là dietro la sua figliola, pensava che potrebbero morire le malate dei letti vicini, e che Nanna si troverebbe distesa fra due morte. E brontolava:

— Maledetto argento! — avrebbe dovuto dire: — Maledette risaie! — Prendeva la causa per l'effetto; e che causa indiretta anche!

VIII

Quando Nanna fu in grado di lasciar l'ospedale, la mamma andò a prenderla col prezioso involto dell'argento, bene avviluppato in una carta, e la carta in un fazzoletto.

Nanna si rallegrò tutta. Svolse il piego sul letto, si vestí in fretta, e Maddalena la pettinò per la prima volta col suo bel raggio di spilloni luccicanti.

— Ora sí, che sei proprio una giovane da marito — le diceva la mamma guardandola con amore.

Nanna lo sentiva bene che quegli spilloni le aprivano una vita nuova e nuovi orizzonti, ed era felice come furono felici le mie belle lettrici al loro primo abito lungo.

Camminando a fianco di Maddalena nelle contrade di Novara, torceva il collo ad ogni negozio per guardarsi nelle vetrine. Nel passare dinanzi al caffè Cavour, che in quell'ora mattutina era aperto, impannate e tende, si vide addirittura riflessa tutta, in un bello specchio che ornava la parete.

Nanna non si limitò a guardarsi alla sfuggita come avrebbe fatto una signorina, anche nell'ebbrezza del suo primo strascico. Corse a piantarsi sull'ingresso del caffè in faccia allo specchio, e si diede a contemplarsi a tutt'occhi gridando:

— Oh mamma? Guardate, mamma!

E giungeva le mani, e se le stringeva fra le ginocchia nell'eccesso della meraviglia e della gioia, e rideva fino a perderne il fiato; poi tornava a contemplarsi, e tornava a ridere.

Quell'aggiunta alla sua toletta, e la contentezza che le raggiava nel volto, impedirono al babbo di Nanna ed ai conoscenti di osservar troppo che era magra, palliduccia assai, e che aveva le labbra quasi bianche.

Del resto aveva un tale appetito da convalescente che in una settimana riprese un po' di colore, ed apparve meno smagrita, e nessuno pensò piú alla sua malattia, ella stessa meno di tutti.

Quando scontrava le compagne di lavoro, le dicevano:

— Verrai in risaia alla mondatura, Nanna?

— Non so; ci ho preso le febbri.

— Oh, cosa importa! Ora sono passate. Si soffre soltanto la prima volta, poi ci si avvezza. Ed alla mondatura si guadagna benino. In principio pagano la giornata una lira; ma piú si va innanzi, piú il prezzo aumenta. Io l'anno scorso alla fine di giugno prendevo due lire al giorno.

— E le febbri non le hai pigliate?

— Sí; ma cessarono presto. Ed intanto ho guadagnate quasi quaranta lire. Sarà tanta roba di piú che porterò in dote quando andrò a marito.

Dacché non si stava piú nella stalla a veglia, Gaudenzio si faceva veder di rado alla cascina dei Lavatelli. C'era andato un giorno passando, e Nanna, che era appena tornata dall'ospedale, era corsa fuori dalla cucina per farsi vedere coll'argento.

— Ah! Ce l'avete, l'argento — aveva detto il carrettiere. Poi, coll'usata brutalità, aveva soggiunto facendosi scorrere una mano sul petto, e guardando il povero seno piatto di Nanna:

— Ma mi pare che qui vi sia passata la pialla di San Giuseppe.

Nanna s'era confusa e, voltando le spalle, era fuggita in cucina. D'allora non l'aveva piú veduto; ed aveva pensato parecchio che le mondatrici lo rivedrebbero in risaia. Egli l'aveva detto laggiù nel salutarle l'ultima domenica.

— Ci rivedremo alla mondatura.

Intanto s'era ai primi di giugno, e Nanna s'impazientava di quella lunga assenza. Si provò a dire ai parenti:

— Vorrei andar a mondar i risi.

— Lascia un po' stare per quest'anno — disse Martino. — Ti sei già pigliate le febbri.

— Che male mi hanno fatto le febbri? Sono venuta piú grande, e mangio piú di prima

— Sicuro! La febbre terzana, i giovani li risana — appoggiò col solito proverbio Maddalena, che desiderava di compiacere la figliuola.

Del resto ella stessa, nella sua gioventú, era andata regolarmente in risaia a tutti i lavori, ci aveva buscate le febbri due volte su tre, e ci era sempre tornata.

— E non ne sono morta — diceva.

Infatti non era morta; ed è raro che si muoia di quelle male vite; ma si sciupa la salute e la gioventù. A trent'anni si è vecchie. Maddalena ne aveva appena trentanove e ne dimostrava sessanta.

— Ma dove vuoi andare? — Tornò a dire Martino. — Ora la mondatura è cominciata. I giornalleri di Trecate sono partiti ieri l'altro.

— C'è Beppe il sensale che cerca ancora delle donne per supplire quelle che si ammaleranno — rispose Nanna, che aveva il suo progetto. — Posdomani porterà via la Teresa di Galliate e la figlia del cantoniere, che erano già alla zappatura e poi all'ospedale con me.

— Ebbene, fa come vuoi — sospirò Martino. — Ma guardati dalle febbri, la mondatura è un lavoro grave, sai.

— Eh! Lasciate, babbo. È stato il freddo della sera che m'ha fatto male. In aprile pioveva sempre. Ma ora fa caldo anche di notte.

E si diede tutta lieta a fare il conto, che le rimanevano venti giornate di lavoro prima che la mondatura fosse finita; e Beppe, il sensale, assicurava una lira e ottanta centesimi al giorno; in tutto trentasei lire da guadagnare pel suo corredo.

Ed a chi lo porterebbe quel corredo? Codesto lo pensava soltanto; e pensava gli atteggiamenti spavaldi di Gaudenzio, ed i suoi trionfi. Chi sa?

L'indomani Martino dovette tirar fuori il vecchio piede di calza in cui riponeva, man mano che li raggranellava, i quattrini della pigione, e cavarne quattro lire, quattro belle lire, da dare al sensale come caparra per le venti giornate di lavoro della figliola; venti centesimi ogni giornata.

E per la seconda volta Nanna, pallida e magra ancora, lasciò la sua casa, ed andò nelle risaie alla guardia di Dio.

IX

Questa volta la risaia a cui la mandava il sensale era molto lontana, sul territorio di Borgo-Vercelli, a circa otto miglia da Trecate.

Le donne, specialmente quelle uscite appena di convalescenza, giunsero stanche coi piedi gonfi ed indoloriti.

Nanna, seduta sulla paglia che doveva servirle di letto, si teneva quei poveri piedi tra le mani ed era spaventata di vederli ridotti a quel modo.

Ma le piú robuste le dicevano:

— Non badarci; dormi. Domattina avranno da star tanto in bagno che si rinfrescheranno piú del bisogno — e si sdraiavano cinguettando sulla paglia del fienile, e si addormentavano ridendo.

Nanna finí per addormentarsi anch'essa; ed era tanto stanca, che tirò via a dormire fino al mattino senza voltarsi. Quando la svegliarono si guardò intorno sbalordita e disse:

— È sempre notte.

Infatti non erano ancora le quattro; alle quattro bisogna essere sul lavoro. Cominciava appena ad albeggiare; tutta l'immensa pianura era avvolta in un vapore grigio e pesante.

Nanna provò un senso di ribrezzo nell'entrare nella risaia; e quando si trovò coll'acqua fin sopra le ginocchia, ed il capo in quella nuvola bianchiccia che la velava tutta, si sentí mancare il fiato.

— Oh Dio! — mormorò. — Mi pare che questa cosa bianca sia la febbre, e che mi entri pel naso, per gli orecchi, per la bocca — e rabbrividiva tutta.

— Eh! Ragazza! Cosa si fa? — Le gridò l'assistente dei lavori.

Nanna si curvò in fretta e si pose a mondare il riso dalle male erbe. Ma si sentiva triste ed abbandonata in quella pianura grigia; aveva voglia di piangere; e tratto tratto guardava in su, per vedere se spuntasse un occhio di sole a diradare quel vapore, che le pesava sui polmoni e sul cuore.

Povera Nanna, che razza di desiderio! Quando il sole venne, un sole di giugno che bruciava come una fiamma, si sentí cuocere il cervello ed arder le carni. Il sudore le scolava giú lungo il collo, le cadeva dalla fronte in grosse goccie, che piombando nell'acqua della risaia, vi segnavano dei cerchi come fossero sassolini. E da quell'acqua stagnante, e riscaldata, esalavano miasmi puzzolenti che sconvolgevano lo stomaco.

Verso le due l'ardore del sole era cosí intenso che pareva di sentirsi guizzare intorno delle lingue di fuoco, che lambissero le carni, che succhiassero il sangue. Ed a misura che il caldo aumentava, il puzzo delle acque si faceva piú insopportabile.

Nanna aveva la nausea. Si rizzò cogli occhi iniettati e le vene della fronte inturgidite dal lungo star china, e disse con profondo sconforto:

— Ma è una vita d'inferno!

— Eh! Laggiú, Nanna! Al lavoro! — gridò l'assistente.

— Via, cantiamo — disse una donna che le stava accanto, avvezza già a quelle torture. — Ti passerà piú presto il tempo, soggiunse; non ci sono piú che due ore di lavoro — ed intonò la canzone:

Bersaglier di Garibaldi

Colla piuma sul cappel,

Ad una ad una, da vicino, da lontano, di qua, di là, le mondatrici si unirono a quella voce e formarono un coro. Nanna pure cantò la prima strofa. Ma aveva troppa nausea; non poté continuare, e quelle note lente, cadenzate gemebonde, la fecero piangere.

Alle quattro, quando uscí dall'acqua dopo tante ore di quella fatica, non poteva reggere al riflesso abbagliante del grande piano bianco dardeggiato dal sole. Al lungo guardare nell'acqua, lucente come uno specchio, gli occhi erano spossati e non resistevano piú alla luce; dovunque li volgesse vedeva una palla azzurra fluttuarle dinanzi.

— Oh Signor Iddio! — pensava; — come potrò resistere? — Ma poi osservava le sue compagne, che, sebbene riscaldate, grondanti sudore, s'avviavano allegramente al riposo come dopo un lavoro ordinario, e si rassicurava un poco, e diceva:

— Se si sono avvezzate loro, mi avvezzerò anch'io.

Intanto udiva i discorsi di due grosse fanciulle che camminavano innanzi un passo da lei:

— Quante ne hai prese tu?

— Cinque.

— Hai guadagnato una lira. È il prezzo di una mezza giornata di lavoro; e senza fatica.

Senza fatica! Questa parola suonò come una melodia all'orecchio della povera Nanna, in quello stato di prostrazione e di scoraggiamento. Ella stette a sentire.

— Una lira? — disse la fanciulla. — Tu le metti venti centesimi ciascuna?

— Ma sí. È il prezzo che ne prendo io.

— E dove? Io non ho mai avuto piú di tre soldi.

— Chi sa a chi le hai vendute. Se domenica vieni a Novara con me, ti faccio avere venti centesimi ciascuna. Vedrai.

Nanna, curiosa di conoscere quel segreto che faceva guadagnare denaro senza tanti stenti, domandò:

— Eh! Ragazze! Cos'è che ci avete da vendere a Novara?

— Le sanguisughe — rispose una delle due vicine fermandosi per aspettarla.

— Tu non ne hai prese? — domandò l'altra compagna a Nanna.

— Io no. Mi venivano intorno alle gambe; ma sono riuscita a scacciarle.

— Brava! Dai i calci alla fortuna. Noi siamo ben contente che si attacchino. Cosí le pigliamo; altrimenti sfuggono, e l'assistente non ci lascia sprecare il tempo ad inseguirle.

— Ma vedete un po' quanto sangue vi fanno perdere! — osservò Nanna accennando le gambe brune delle fanciulle che grondavano sangue da parecchie ferite.

— Che! È il sangue cattivo che se ne va, disse una alzando le spalle. Risparmia una malattia.

— Ci si mette sopra un ragnatelo — aggiunse l'altra, — e ristagna subito.

In quella giungevano sull'aja. La mondatrice corse in un angolo accanto al fienile, raccolse alcuni ragnateli polverosi, e se li pose sulle ferite, che infatti cessarono di sanguinare.

— È vero — pensò Nanna. — Si lascia che le sanguisughe si attacchino soltanto all'ultimo momento prima di smettere il lavoro, cosí non s'ha tempo a perder molto sangue. E poi cos'é un bicchiere di sangue in confronto di una giornata come questa?

E si diede a calcolare che, se per quindici giorni di seguito avesse prese soltanto tre sanguisughe ogni giorno, avrebbe guadagnato nove lire; il prezzo di cinque giornate di quel lavoro d'inferno, ed avrebbe potuto lasciare la risaia cinque giorni prima, senza perderci di borsa.

E si coricò un po' confortata da quella speranza e, fin dal domani, cominciò ad abbandonare le sue povere gambe, che non avevano sangue di troppo, tutt'altro, ai morsi arrabbiati di quelle bestiole da farmacia. Appena si sentiva addentata, portava la mano alla ferita, ed afferrata la sanguisuga, non piú libera di sfuggirle, la metteva in una boccetta, che teneva nascosta nella rimboccatura dell'abito.

Quel giorno ebbe la fortuna di pigliarne cinque, e s'affrettò a cercare i ragnateli per tappare le cinque morsicature. Era contenta, ma si sentiva indebolita, ed aspettava con impazienza la sua scodella di riso e fagioli. Sgraziatamente il sensale che aveva preso l'appalto dei lavori, forniva egli stesso anche il vitto; era una speculazione, e sapeva trarne profitto.

Il proprietario pagava due lire al giorno cinquanta mondatrici per trenta giornate; e quaranta centesimi al giorno, pel vitto di ciascuna. Il sensale imprenditore aveva accordato soltanto quaranta mondatrici, alle quali, a forza d'angherie, riesciva a far fare il lavoro di cinquanta, le pagava soltanto una lira e ottanta centesimi al giorno, e quanto al vitto dava loro del riso cotto fino a sfasciarsi, misto a fagioli duri, senz'altro condimento che un po' di sale, ed un pezzo di lardo rancido.

Dopo una giornata di quel lavoro da galeotto, quel cibo di cui i galeotti non hanno idea.

Nanna non poté ingoiare la minestra. Mangiò un pezzo di pane col formaggio che s'era portato, e si coricò sulla paglia del fienile, dove ben presto la raggiunsero tutte le mondatrici.

X

Non c'era tempra robusta che reggesse a quella vita. Tutte si facevano di giorno in giorno piú macilente. A vederle tra le nebbie del mattino, avviarsi al lavoro a due, a tre, sfiaccolate, pallide, cogli occhi infossati, le braccia penzoloni, il passo lento, sembravano una processione di fantasmi.

E tuttavia, dopo una settimana di lavoro, la domenica si alzarono ancora di buon mattino per andare fino a Novara alla messa, ed a vendere le sanguisughe.

Nanna avrebbe amato assai di rimanere dell'altro distesa sulla paglia in quell'inerzia refrigerante.

Ma il negozio delle sanguisughe le premeva; ed andava esaurita la sua piccola provvista di companatico. La mamma non le aveva mandato altro; forse non aveva trovato un'occasione. Doveva dunque comperarsi qualche cosa, dacché della minestra che le davano, ben poco poteva mandarne giú.

Si rizzò di mala voglia; stirò le membra ingranchite; si mise il vestito della festa che aveva portato in viaggio, prese i zoccoletti in mano, e via colle altre.

Entrarono in Novara cantando. I bei damerini nervosi, che si sarebbero eccitati, Dio sa quanto, al vedere il piedino d'una signora sporgere di sotto la gonna, che avrebbero rasentato il manicomio se per caso la loro donna avesse lasciato scorgere la caviglia nello scendere di carrozza, uscirono all'ingresso dei caffè dicendo: — Sono le mondatrici. — E guardarono con indifferenza tutte quelle gambette, nude fino al ginocchio, color di mogano, squamose e dure come di legno.

Avevano diciott'anni, povere bimbe! E le loro nudità avariate non ispiravono piú peccati di desiderio.

Nanna al ritorno era sfinita; il suo sconforto aumentava ogni giorno. Alla zappatura c'era stato il fratello che le aveva continuato un pochino delle cure a cui s'era avvezza co' suoi. Ma ora si sentiva sola affatto. Nessuno le diceva:

— Sei stanca; va a coricarti. Sei indebolita; mangia.

Nulla; doveva pensarci da sé, e se ne trovava male.

— Mi sembra di esser la figlia di nessuno, — diceva. — Se la mamma mi avesse mandato Gaudenzio, almeno...

Almeno! era il piú che potesse desiderare. E quella volta il suo desiderio fu esaudito. Le fanciulle che camminavano innanzi, appena si furono affacciate all'aja tornarono indietro correndo, e tutte sorridenti sussurrarono:

— Nanna: il carro!

— Dove? — domandò Nanna che non ebbe bisogno d'altre spiegazioni per capire di qual carro dicessero.

— Là sull'aja... — risposero le altre.

Ella corse innanzi a guardare tutta rossa di gioia. Poi tornò e sussurrò alla sua volta:

— Il cavallo è staccato; Gaudenzio dev'essere in cucina. — E le parve di respirar meglio. Ma non osava entrare in casa, né chiamare. Era impaziente di annunciare il suo ritorno, e non sapeva come fare. Disse:

— Cantiamo per farci sentire.

E si raccolsero in un gruppo fuori dall'aja dietro il cancello, e guardandosi e sorridendo l'una all'altra come se si narrassero una novità, si posero a cantare a squarciagola:

Ieri sera andando a spasso...

    Dighel no.

Tutti gli uomini della fattoria uscirono dalla stalla, dal fienile, dal porcile, dalla cucina, in calzoni da festa e camicia di bucato. Gaudenzio era con loro.

Egli si fece innanzi dondolandosi, col cappello sull'orecchio ridendo e cantando:

Ho incontrato una signora,

    Dighel no.

E tutti gli altri dietro:

La mi ha ditto d'andar dessora,

Andar dessora a far l'amor,

    Dighel no.

Sgraziatamente la massima parte delle nostre canzoni popolari, non è piú corretta, né piú castigata di cosí.

E gli uomini accerchiarono le donne, e tutti insieme continuarono la canzone ridendo ed ammiccando degli occhi, e terminarono con grandi risate, come dopo un divertimento tutto nuovo ed originale.

Poi Gaudenzio andò a piantarsi davanti a Nanna colle mani sui fianchi, e dimenando il capo tornò a canticchiare con aria furba:

— Ieri sera andando a spasso. Dighel no.

— Avete visto i miei di casa? — domandò Nanna.

— Li ho visti ieri. La vostra mamma mi ha dato della roba per voi, e vuol sapere se state di buona voglia.

— Eh, non troppo — disse Nanna.

— Lo sapevo bene io; voi non siete una donna da lavoro — osservò Gaudenzio.

Nanna si sentí mortificata, e rispose:

— Oh perché? Faccio anch'io quello che fanno le altre.

Ma quando servirono la minestra, e Gaudenzio le portò il pane fresco, ed un bel pezzo di frittata di fagioli che le mandava Maddalena, era cosí crucciata, che non ebbe voglia di nulla. Vedeva le altre mangiare e ridere, ed avrebbe voluto far come loro, per mostrare che al lavoro ci resisteva anche lei; ma proprio non poteva. Aveva tanto faticato tutta la settimana, ed aveva mangiato cosí poco e male, che si sentiva come un sacco vuoto. Se ne andò tutta sola sul fienile, si stese sulla paglia, e si mise a piangere, a piangere, finché s'addormentò.

XI

Fu un sonno affannoso, tribolato da sogni. Le pareva d'essere una delle montanare di Boca o Maggiora di cui aveva udito tante volte vantare la robustezza meravigliosa, i bei colori, l'umore sereno, la laboriosità assidua, ed i ricciolini castani intorno alla fronte. E nel sogno scendeva dalla montagna per una stradicciuola ripida, portando sul dorso una grande gerla colma di sassi, e conduceva l'asino carico col mezzo di una corda, che s'era legata al braccio; ed intanto per tener conto del tempo, faceva calze camminando.

Gaudenzio aveva tante volte descritta quella triplice fatica delle montanare, che Nanna l'aveva sempre in mente.

Ma le pareva che l'asino si facesse tirare, e desse strappi alla corda, per modo che le sfuggivano dal ferro le maglie della calza. E mentre era intenta a riprenderle stando china, troppo china sul lavoro, tutta la ghiaia della gerla le si rovesciava dinanzi passandole sopra il capo, e l'asino impaurito si dava a fuggire trascinandola dietro pel braccio, e la traeva via via traverso campi e prati, ed in quella corsa tormentosa udiva da lontano la voce schernitrice di Gaudenzio gridarle:

— Lo sapevo bene, io. Voi non siete una donna da lavoro. — E rideva tanto forte che Nanna si svegliò.

Suonavano infatti alte risate giú nell'aia: ma Gaudenzio, per quella volta tanto, era innocente dello scherno di cui l'accusava il sogno. Era tardi nel pomeriggio, e si ballava coll'organo.

Nanna sorrise all'idea di danzare con Gaudenzio, e s'alzò per discendere. Ma aveva le vertigini; le pareva che il capo le pesasse piú del solito, e tutto le si movesse d'intorno. Dovette attaccarsi alla sbarra della scala nello scendere, per non andar a rotoli.

Nemmeno quando aveva avuto la febbre si era mai sentita cosí male. Le fischiavano gli orecchi, e le doleva tutto il capo pulseggiando di dentro, come se le picchiassero un martellino sopra il cervello indolorito. Era uno spasimo acuto e profondo che le rispondeva negli occhi, e le impediva di alzar le palpebre.

Scoraggiata di sentirsi a quel modo, andò ad accoccolarsi in un angolo del cortile, e stette a guardare traverso le ciglia socchiuse.

Finita quella polka, Gaudenzio la vide; si accostò col suo cappello sull'orecchio e, porgendole il gomito, le accennò del capo e disse:

— Andiamo, su!

Altro che su. Avrebbe voluto volare, povera Nanna. Puntò le mani sulle ginocchia e fece per alzarsi. Ma pareva che fosse tutta di piombo. Le sue membra pesavano tanto, che non ebbe la forza di moverle.

— Non posso — disse con un sospiro che pareva un gemito. — Ho tanto male!

31

— Ah, povero me! Che donna! avete sempre male voi — rispose il carrettiere, cui la salute prosperosa ed una buona dose d'egoismo non avevano mai permesso di comprendere una sofferenza. E girando sui tacchi, si diresse all'estremità opposta dell'aja per pigliare un'altra ballerina.

Nanna si sentí avvilita. Egli la disprezzava, ed apprezzerebbe piú di lei la prima venuta, che potesse girare due minuti in tempo di valzer; il suo amor proprio, l'amore, la paura, la gelosia, le diedero una forza insperata. Si rizzò d'un balzo, Prese gli zoccoli in mano, ed in due salti ebbe raggiunto Gaudenzio a metà dell'aja.

— Eh! Gaudenzio — gli gridò ridendo ed arrotondando il braccio cogli zoccoletti in mano, mentre dimenava i fianchi in misura come muto invito alla danza.

— Ma se avete male! — disse il carrettiere.

— Che! L'ho detto per celia. Sto benone. Non sono una damina io, da ammalarmi per un po' di fatica!

— La cera ce l'avete brutta però — osservò quell'inurbano galante guardandola in viso. E con questo complimento, le afferrò la destra, le cinse la vita col braccio, le piantò la mano poderosa nella schiena, e cominciò a danzare nel modo sconcio dei contadini, colla persona stretta a quella di lei, incrociando le gambe, sfiorandole il viso col viso, contorcendole il dorso, come se volesse slogarle le giunture.

E Nanna gli posava languidamente sulla spalla la mano sinistra, cogli zoccoletti pendenti come una pezzuola profumata, e sentiva nel cuore il contraccolpo di quelle strette, di quegli sfioramenti, di quel fiato ansimante e caldo che le soffiava nel collo. Ma intanto il martello le picchiava forte forte nella testa, e quando alle ultime battute della musica Gaudenzio le fece fare un turbinio di giri a rovescio, si sentí mulinare dentro il cervello come un arcolaio, non vide piú nulla, le parve di star sospesa in diagonale tra cielo e terra, e disse aggrappandosi al ballerino:

— Tenetemi che vado giú — e credendo di cadere insieme a lui, si coperse gli occhi colla mano.

Quello smarrimento durò appena pochi secondi. Era un capogiro. Gaudenzio la resse e, riaprendo gli occhi poco dopo, ella si trovò ancora appoggiata alla spalla di lui in mezzo all'aja. Se ne staccò senza guardarlo, senza parlare, ed andò a sedere sulla trave. E là il suo male crebbe ancora ed ancora. Il cervello continuava a turbinare di dentro; pareva che durante il ballo avesse preso lo slancio come una trottola, e poi seguitasse a girare.

Nanna non ne poteva piú. Quasi involontariamente si chinò sulla panca, si pose un braccio sotto il capo, e rimase adagiata cosí, gemendo sommesso.

Piú tardi Gaudenzio le si accostò, e le disse un po' sbigottito:

— Ebbene Nanna? Cosa c'è?

Ella era sfinita. Non poteva parlare perché si sentiva il pianto alla gola. Gli rispose con un gemito.

— State tanto male? — rispose il carrettiere.

— Credo d'aver la febbre, ma non dite nulla ai miei.

— O, per me, ora non vado a casa. Ho un carico di legna da vendere; non so quando vedrò Maddalena.

— Meglio cosí — disse Nanna. — Meglio cosí.

Ma intanto piangeva, ed era profondamente sconfortata dal sentirsi cosí abbandonata dai suoi.

Le donne guardarono lei, poi si guardarono tra loro con aria misteriosa crollando il capo.

Poi una s'accostò alla piú anziana, che stava osservando Nanna, coll'aria di chi ne sa piú degli altri, e le sussurrò:

— È la cefalite, vero?

La donna chinò il capo due o tre volte stringendo le labbra ed allargando gli occhi, poi disse:

— Sicuro; è proprio la cefalite, e buona, se l'è presa.

— E cosí? — tornò a domandarle la compagna a mezza voce come avrebbe consultato un medico.

— Ma! Ci sarebbe la gallina nera. — E parlarono piano, si concertarono tra loro, poi la medichessa si accostò a Nanna e le disse:

— Nanna, hai la febbre alla testa, e potrebbe diventare una cosa seria. Bisogna aver pazienza; se vuoi guarire devi fare la spesa d'una gallina nera. La massaia ne ha parecchie.

Nanna mise un lungo sospiro. Pensava: «Ecco, ci si rimette la salute per guadagnare pochi quattrini, poi ci si rimettono i quattrini per riguadagnar la salute». Ma non disse nulla. Cavò fuori la pezzuola, e ne presentò alla medichessa l'angolo in cui aveva fatto un nodo. La donna era avvezza a quella maniera di borsellino. Sciolse il nodo, ne trasse il denaro delle sanguisughe che Nanna ci aveva risposto, e s'avviò al pollaio, dicendo alle altre mondatrici:

— Toglietele gli spilloni, e spettinatela.

Poco dopo la medichessa e la compagna che l'aveva seguita tornarono tenendo ciascuna per un'ala ed una gamba la povera vittima che chiocciava paurosamente. Nanna aveva già deposto l'argento, ed aveva i capelli raccolti sulla nuca.

— Sta pronta, rizzati — disse la medichessa impugnando arditamente un gran coltello da cucina. S'udí un gracidare alto e disperato, e tosto la povera bestia, squartata dal collo in giú, fu applicata al capo indolorito di Nanna, che si sentí scorrere sul volto, sul collo, sugli abiti, una pioggia calda di sangue, d'umori, di liquidi viscerali d'ogni tinta ed odore, mentre il collo della bestia palpitante ancora, le si agitava dinanzi agli occhi inondati, nello spasimo dell'angoscia.

Poi le donne accompagnarono la malata reggendola su per la scala, e la fecero coricare sulla paglia con quella cuffia straordinaria.

34

XII

Durante la notte Nanna ebbe una febbre violenta; la prese il delirio. Aveva il volto infiammato, gli occhi iniettati di sangue, e parlava concitato, e gestiva convulsamente. Ed appena fu giorno bisognò porla sul carro della fattoria e condurla all'ospedale di Novara, mentre Gaudenzio scriveva una lettera per avvertire i parenti.

Quando Maddalena giunse all'ospedale, si spaventò di non trovare la figliola nella crociera comune.

— Ha il tifo — le disse la monaca — il medico l'ha fatta trasportare nel compartimento delle malattie contagiose.

Né quella settimana, né l'altra, né la terza, Nanna riconobbe la madre. Dopo quattro settimane soltanto cominciò a ricuperare i sensi ed a migliorare. Ma al suo arrivo all'ospedale aveva il capo in uno stato spaventevole. A stento ed a forza di spasimi s'era potuto togstandole il cadavere putrefatto della gallina nera. Ma il sangue e gli umori s'erano appiccicati ai capelli, ed avevano formato una crosta; quando le infermiere avevano tentato di staccarla, l'ammalata aveva messo tali grida, che s'era dovuto smettere. Poi le si era applicato il ghiaccio continuamente durante la malattia; e l'umidità, e l'ardore febbrile del capo, favorirono la putrefazione di quelle sostanze organiche di cui i capelli erano impregnati. Ed appena lo stato della malata permise di liberarla da quella calotta fetida e dolorosa, la capigliatura si staccò con essa; si sviluppò una malattia al cuoio capillare ed il povero capo denudato rimase coperto da pustole purulenti.

Fu una malattia lunga lunga ed una cura dolorosa. E dopo dei mesi, quando tutto fu finito, la bella testa bionda di Nanna era spelata e lucida come un ginocchio.

Questa volta il suo ritorno dall'ospedale fu triste assai.

Nulla rallegrava la sua convalescenza ritardata. Non si ammirava nelle vetrine dei negozi, vi si guardava sospirando, colla pezzuola ravvolta intorno al capo, e rimpiangeva la sua bellezza perduta.

A casa l'aspettavano altre miserie, altri guai.

Il sensale che l'aveva accordata per la mondatura, era fuggito colle caparre, ed i denari delle giornate, lasciando i poveri giornalieri senza compenso, dopo tante fatiche.

La perdita di un po' di denaro su cui s'era fatto conto, due braccia di meno al lavoro per sei mesi, un'ammalata da visitare, ed a cui provvedere qualche piccola delicatura da bere o qualche arancio, ed un cruccio amaro nel cuore, pesano gravi sopra una povera famiglia.

Il San Martino era passato da qualche tempo; il proprietario faceva frequenti visite alla cascina, ed i quattrini della pigione non c'erano.

Una sera Maddalena disse al marito:

— Oggi, mentre eri al torchio a premere quella poca vinaccia, è venuto ancora il segretario del padrone.

— Vuole il denaro eh? — sospirò Martino.

— Vuole il denaro. Dice che aspetterà fino a domenica e poi farà i suoi passi.

— Ma! — tornò a sospirare il pover'uomo. — Poi guardò Nanna a lungo con un senso di pietà, e finí col dire:

— Una risorsa ci sarebbe per uscire da questo ginepraio.

— Una risorsa? — domandò Maddalena.

— Ma sí, — ripigliò Martino. — C'è là tutta quella piuma... cosa vuoi che ne facciamo ora? — ed accennò col capo la ragazza.

Nanna si sentí una stretta al cuore. La sua piuma, il ricco prodotto delle sue oche, il suo letto nuziale, non si sapeva piú che farne. Ella aveva sperato fin allora che i capelli tornerebbero. Quella parola del babbo le parve crudele; e con tutta l'acrimonia del suo cuore esacerbato pensò: — Ecco, desidera ch'io rimanga un mostro, che non mi mariti piú, per vendere la piuma —.

E le parve che quel poveruomo le facesse un torto.

Maddalena aveva guardato anch'essa la figliuola, magra, angolosa, colla pezzuola intorno al capo, ed aveva fatto greppo pensando alla bella fanciulla dell'anno innanzi, ed ai bei capelli biondi in cui aveva puntati per la prima volta gli spilloni d'argento. E commentando forte il suo pensiero esclamò:

— Ma! Chi l'avrebbe detto!

— Anche lei trova che sono rovinata per sempre — pensò Nanna ed anche la mamma le parve crudele. E nascondendosi il volto fra le mani scoppiò in un pianto iroso e convulso; strappava la pezzuola coi denti, e picchiava i piedi a terra, e diceva dentro di sé:

— Vedono il male e non fanno nulla per trovare un rimedio; non mi vogliono bene.

I vecchi dissero:

— Bisogna lasciarla sfogare — e non parlarono piú della piuma.

Ma l'indomani Maddalena ne portò un campione sul mercato, e la domenica Martino andò a Novara a pagar la pigione coi denari del letto nuziale di Nanna.

— Anche questa è fatta — disse alla moglie rientrando in casa. — Quando ci penso, mi rincresce di quella ragazza che piange, e di quella bella piuma. Ma tanto, sarebbe rimasta là per le tignole. Nanna, al modo che è ridotta, non si mariterà piú.

— Pazienza! — disse Maddalena. — Quel che Dio vuole non è mai troppo!—.

XIII

Ho già osservato piú sopra che Nanna, a forza di vedersi considerata come la cura principale del suoi parenti, era giunta a credere d'essere un piccolo personaggio importante. Secondo il suo modo di sentire, tutta la famiglia avrebbe dovuto mettersi alla caccia d'un mezzo per riparare alla disgrazia toccata a lei; consultare medici e comperare medicine che le restituissero la bellezza perduta. E, nel caso che questo miracolo non fosse riescito, il meno che avrebbero potuto fare babbo, mamma, fratello, parenti ed amici, sarebbe stato di passare il resto dei loro giorni in querimonie su quell'unico argomento:

— Questa povera Nanna, che non ha piú capelli!

— E dire che ne aveva tanti!

— E cosí belli!

— E chissà se potrà ancora trovar marito? Lo potrà? Non lo potrà? — E sempre: «*Povera Nanna!*» ripetuto su tutti i toni e semitoni della meraviglia, del cruccio, della pietà.

È un fatto che, in una famiglia signorile, quello sfregio toccato ad una fanciulla avrebbe preso un posto immenso nelle preoccupazioni dei parenti. Si sarebbe speso un anno a sperimentare tutti i cosmetici delle quarte pagine dei giornali, ed un altro anno a perfezionare i trovati dell'arte del parrucchiere. E la signorina sarebbe stata tutto quel tempo nascosta, ed al ricomparire in pubblico, il suo parrucchino avrebbe costituito un segreto gelosissimo di famiglia pel quale babbo e mamma avrebbero giurato il falso, ed i fratelli si sarebbero battuti in duello. E tutto codesto per accalappiare uno sposo, a cui la mamma la vigilia delle nozze avrebbe svelato il gran segreto, salvo a vedere lo sposo fuggire a gambe levate, e la ragazza cadere in convulsioni.

Ma quella poveraglia che s'alzava all'alba tutti i disgraziati giorni che Dio manda sulla terra, e lavorava fin al tramonto per risolvere il miserabile problema del pane quotidiano, aveva ben altro a fare, che almanaccare sulle treccie e la calvizie di Nanna.

— Quel che Dio vuole non è mai troppo — aveva detto Maddalena; ed era la quintessenza della rassegnazione cristiana; perché vedeva bene, povera mamma, che in quel che Dio voleva era compreso per lei la fine d'ogni orgoglio e d'ogni gioia materna, e per la figliola il celibato perpetuo ed una vita d'umiliazioni.

E gliene incresceva, poveretta, tanto e quanto ad una signora; ma cosa farci? Per cercare i rimedi non aveva quattrini; e per piagnucolare non aveva tempo. Era donna positiva e disse:

— Ogni volta che si parla della sua disgrazia quella figliola si cruccia senza che si ripari a nulla. È meglio non parlarne piú, finirà per avvezzarcisi.

Martino trovò, come sempre, che la sua donna aveva ragione; e non si parlò piú della malattia di Nanna e delle sue conseguenze come se quella catastrofe non fosse mai avvenuta.

E Nanna s'indignò di quel silenzio, lo interpretò a rovescio, e pensò:

— Ecco come mi amano! Non si danno il menomo fastidio delle mie pene. Non ci pensano punto. Per loro ch'io mi mariti o no, cosa importa? Eppure non ho fatto nulla di male per essere trattata a questo modo. Non c'è giustizia.

E pensando cosí rimaneva sempre imbronciata; e rispondeva a tutti con mal garbo, e pigliava tutto in mala parte.

— Nanna, non istar ferma al sole, — le disse una volta Martino. — Potresti pigliarti un malanno.

— Che volete che mi pigli? Di capelli da perdere non ne ho piú — rispose la fanciulla con amarezza.

Il pover'uomo guardò la moglie sospirando e mormorò:

— Non si sa come pigliarla.

— È meglio non dirle nulla — consigliò Maddalena che nella sua tenerezza mirava sempre a non irritare la figlia.

Ed evitarono di farle altre osservazioni, e non osarono piú raccomandarle d'aver cura della sua persona; ed allora Nanna pensò:

— Ecco; perché sono brutta non si danno piú pensiero di me. Quand'ero bella, Nanna di qua, Nanna di là; Nanna non andar fuori colle oche; Nanna metti l'argento; e non ti affaticar troppo; e non ti ammalare. Ora che sono brutta non mi badano. Posso andar dove voglio.

I giudizi sono come i bottoni; se il primo non s'imbrocca si va sghimbescio fino all'ultimo.

Nanna finí per vedere in ogni parola una canzonatura, un rimprovero, una malignità; in ogni silenzio un segno di noncuranza o di sprezzo. Si raccolse in sé stessa; ruminò quella provvista di fiele che andava ogni giorno accumulandosi in cuore, si credette maltrattata, si addolorò, si compianse: non trovando mai chi la contraddicesse nelle sue lunghe recriminazioni fra sé e sé, s'andò sempre piú eccitando, finché quello stato d'irritazione divenne il suo stato abituale.

Tutti quelli che non soffrivano le sembravano colpevoli di non pigliarsi loro la sua disgrazia. Tutti i dispiaceri degli altri le parevano un atto di giustizia inventato apposta dalla Provvidenza per dare a lei una soddisfazione personale. Aveva imparato una perfida canzone che era di moda quell'anno, e se vedeva qualcuno indispettito, non mancava di cantare con quanta malignità aveva in cuore:

Se ti te cicchet

E mi me la godo,

Che gioia che provo

A vederti ciccar.

XIV

Tutto novembre Nanna passò le lunghe serate a filare sola in cucina al freddo, per non farsi vedere nella stalla. Ma col dicembre cominciò a nevicare, e venne un gelo terribile, e le sere erano tanto lunghe, che a Maddalena non resse piú il cuore di lasciar la figliola ad intirizzirsi a quel modo.

— È meglio che tu venga nella stalla — le disse — cosa vuoi fare? Una volta o l'altra bisognerà pure che ti faccia vedere.

E a dir vero Nanna non spingeva la suscettività fin a non volersi mostrare. A messa ci andava; ed anche nei campi la potevano veder tutti. Ma nella stalla c'era il caso che capitasse Gaudenzio, e l'idea di comparire cosí maltrattata davanti a lui, non la sapeva proprio mandar giú.

— A voi cosa importa ch'io vada nella stalla? — rispose. — Preferisco star qui.

— Ma qui si gela — disse Maddalena, — e noi non siamo in caso di accendere il fuoco.

— Ed ho forse domandato d'accendere il fuoco io? — ribatté Nanna con mala grazia.

— No, ma perché vuoi intirizzirti qui sola, mentre là si sta in compagnia ed al caldo?

E vedendo che l'altra teneva il broncio e non si moveva, la povera donna, nell'interesse della figliuola, cercò altri argomenti per indurla a seguirla, senza badare se quegli argomenti non erano tali da irritare maggiormente quel cuore esacerbato.

— Qui ti si irrigidiscono le dita, non puoi filare: e poi ci vuole una lucerna tutta sera per te.

Nanna saltò in piedi come una molla che scatta; buttò indietro la sedia con dispetto, ed avviandosi all'uscio gridò:

— Via non abbiate paura che il vostro lino ve lo filerò, e del vostro olio non ne brucerò piú. E se mi burleranno nella stalla, non importa, non avrete speso nulla per mantenermi il lume.

La massaia alzò gli occhi sospirando, e la seguí nella stalla senza rispondere. Ma la sera in camera narrò quella scena al marito e disse:

— Le disgrazie o che fanno santi, o che rendono cattivi.

— Nanna non l'hanno fatta santa — disse Martino il cui animo giusto era offeso da quell'ingiustizia della figliola verso la sua donna.

Del resto i timori della fanciulla erano esagerati. Quella stalla dove si radunavano parecchie coppie di gente matura, ed una fanciulla brutta, non aveva attrattive per Gaudenzio, che quell'anno ci andò appena una volta. Ma in quella sola volta Nanna trovò tanta amarezza, da avvelenare tutte le centoventi sere dei quattro mesi d'inverno.

Egli le disse coll'usata brutalità:

— Oh! Nanna! E l'argento?

Nanna alzò le spalle e tirò via a filare.

— Se lo vorrete mettere per andare a marito — riprese Gaudenzio — bisognerà piantarvelo nella testa come i fusi della beata Panacea.

Oh Dio! Era come se quei fusi glieli avesse piantati nel cuore. Pensò le sue compagne giovani e felici, che andavano in giro col raggio d'argento sul capo, e ridevano coi giovinotti, e provò per loro un senso di rancore, come per altrettante nemiche personali.

D'allora il suo carattere s'inasprí sempre maggiormente. Parlava pochissimo, e le sue parole avevano spesso un fondo di malumore o d'acrimonia; se non altro, era aspro il piglio con cui le diceva. Evitava di trovarsi in compagnia; lavorava in silenzio e senza passione; però lavorava sempre. Questo era nella sua natura Non andò piú alla mondatura dei risi, perché quel lavoro nell'acqua le era stato troppo fatale, ed era superiore alle sue forze. Ma fin dall'anno seguente andò alla mietitura e, con la trista esperienza acquistata, seppe regolarsi in modo da mantenersi relativamente sana. Del resto il ballo e le veglie sull'aia non la interessavano piú. Dopo il lavoro mangiava, e poi si ritirava a riposarsi nel fienile prima che l'umidità della sera impregnasse l'aria de' suoi umori malsani.

Cosí passarono sette anni. I capelli di Nanna non ricrebbero mai. Il medico l'aveva detto e pur troppo era stato buon profeta.

Di sposi non se ne presentarono punto. Anche questo Martino l'aveva detto; e purtroppo egli pure era stato buon profeta. E tutta l'antica bellezza di Nanna era svanita col raggio di bontà disappensata che l'aveva animata nella sua prima gioventú.

Qualche volta, ne' suoi lunghi silenzi, quando tornava colla mente al passato, e ricordava quel suo unico amore, appena abbozzato, e non rivelato mai, e le oasi di felicità che le aveva fatto brillare al pensiero, il suo sguardo ridiveniva appassionato, ed il suo sorriso ridiveniva dolce come una volta.

Poi pensava che tutte quelle gioie erano svanite per sempre; che ormai la sua vita era tracciata, che tutti i giorni sarebbero uguali per lei; che non avrebbe amori, che non avrebbe sponsali, né una casa sua, né figlioli suoi. Ed un profondo dolore le stingeva il cuore mentre fissava quell'avvenire desolato, ed anche allora l'afflizione le irradiava il volto della sua mesta bellezza.

Ma ad un tratto vedeva passare una frotta di fanciulle che si voltavano per lanciar motti sguaiati ai giovinotti che le seguivano; o qualcuno veniva a dirle:

— Sai che s 'è fatta sposa la Peppinetta che curava le tue oche sett'anni fa? — oppure:

— La figlia del cantoniere che ha sposato Antonio il tessitore ha avuto un bimbo.

Allora l'invidia le rimordeva il cuore. Confrontava quelle esistenze tanto normali colla sua, quelle dolcezze colle sue privazioni, e diceva:

— Perché? — Ed avrebbe dato dei pugni contro il cielo. Ed odiava tutti i felici per quella parte di bene che le pareva rapito a lei.

42

XV

Cosí Nanna s'era allontanata tutte le simpatie; i parenti stessi, dacché non potevano più ammirarla né per la bellezza né per la bontà, ed erano ridotti a perdonarle sempre dei torti, l'amavano soltanto per istinto e per abitudine.

Sui ventiquattro anni s'era fatta robusta, aveva ingrassato parecchio ed il suo volto aveva ripreso alquanto della freschezza giovanile. A forza di portare la pezzuola sul capo, aveva imparato a metterla con una certa civetteria che riesciva a nascondere la miseria del suo cranio spelato, senza sfigurarla.

Quell'anno in primavera alla zappatura, poi alla seminagione del riso s'era accorta di non essere più repulsiva per nessuno. Che! C'era stato persino un giovane, un po' maturo a dir vero, sulla trentina, che non l'aveva guardata di mal occhio.

Le cose non erano andate punto innanzi. Lavoravano insieme a seminare; egli le aveva detto:

— Ci vorreste vedere un altro al mio posto, nevvero giovinotta?

— O per me, voi o un altro fa lo stesso — aveva risposto Nanna.

— Bugie! le fanciulle hanno sempre uno che vorrebbero vicino.

— Ebbene io non sono una fanciulla come le altre perché non ce l'ho.

— Non ci avete l'innamorato?

— Ma che! Non la vedete la mia testa? — aveva ribattuto Nanna con piglio irritato, quasi quasi a rimproverargli d'averla obbligata a dir tanto.

Il giovane però, non aveva capito che sotto la pezzuola quella testa era tanto sciupata. Aveva veduto soltanto che era liscia, ed aveva risposto:

— To! È vero! Non avete ancora l'argento. Ma però non siete piú ragazza; i vostri anni ce li avete anche voi.

— Ho quelli che ho — aveva detto Nanna alzando le spalle, e continuando a lavorare. Ma il discorso non era rimasto lí. Piú tardi il giornaliero aveva ripreso:

— Date retta, giovanotta... Come vi chiamate?

— Nanna.

— Date retta, Nanna. Non ho detto per offendervi, che i vostri anni ce li avete. Lo vedo bene che non siete vecchia. Quanto potete avere, via! Ventotto anni?

43

— Síí! Trenta! Ne ho ventiquattro.

— Ebbene, ventiquattro, ventotto... fa lo stesso. Ma siete sempre un fiore d'una ragazza. Ce ne sono a dozzine, che a ventotto anni non hanno ancora marito, e lo trovano dopo. Lo troverete anche voi.

— Io non lo cerco.

— Non occorre cercarlo; verrà da sé.

— Sí! Aspetta che venga! — aveva detto Nanna ponendosi il pollice sul naso ed agitando le dita. In quel discorso rozzamente civettuolo, ella s'animava come non s'era animata da un pezzo.

— Volete che scommettiamo che prima dei raccolti verrà?

— Scommettiamo pure; e che cosa?

— Gli sponsali; vi torna?

— Sí. E si starà a vedere.

— Ma dovete dirmi dove state di casa, se ho da venire a domandarvi chi ha vinto la scommessa.

E Nanna aveva indicata la cascina, e la strada per giungervi, ed aveva capito che lo sposo scommesso doveva esser lui.

Era ancora un bell'uomo abbastanza; e poi ella non aveva piú il diritto di fare la schizzinosa. Le bastava di potersi maritare anche lei come le altre. Senza dubbio avrebbe preferito Gaudenzio che aveva soltanto tre anni piú di lei;... e poi era Gaudenzio! Ma quello là non era piú un partito per lei a quell'ora.

Fu una reazione salutare. Nanna tornò dalle risaie piú trattabile, meno irritata. Qualche volta fu vista ancora di buon umore, sorridente. Si era persuasa che il suo avvenire non era ancora senza speranza, che poteva ancora essere amata. Ristudiò le pieghe ed il nodo della sua pezzuola; si guardò intorno all'uscir dalla chiesa, si associò un pochino di piú colle altre fanciulle. I suoi vecchi erano contenti di quel cambiamento, e dicevano:

— C'è voluto un po' di fatica, ma s'è rassegnata.

E Nanna invece era piú lontana che mai dalla rassegnazione. I suoi occhi avevano una fissità lucente e misteriosa, che pareva dire:

— Vedrete!

<h1 style="text-align:center">XVI</h1>

Sgraziatamente non si vide nulla. Passò tutta estate, finirono i raccolti, e di sposo nemmeno l'ombra. Nanna si fece mesta e pensosa. Ma non ricadde nell'avvilimento. Se quell'uomo aveva mancato di parola, restava tuttavia il fatto che in risaia l'aveva trovata di suo gusto, ed aveva messo gli occhi su lei a preferenza che su qualsiasi altra. E questo pensiero aveva riabilitata la fanciulla ai propri occhi, ella diceva: — «Come ho potuto piacere ad uno, potrò ben piacere ad un altro» —. E rianimata da questa fiducia, d'aver ancora la sua parte di attrattiva e la sua parte di gioie nell'avvenire, invidiava meno le compagne; era meno irascibile. Soltanto era afflitta che quell'uomo fosse mancato, ed aspettava con impazienza l'altro, perché gli anni passavano, e si sentiva invecchiare.

Era il giorno di San Martino; l'undici di novembre. Il cielo era grigio e cadeva una fitta pioggia d'autunno. Gli uomini, ché Pietro era diventato anch'esso un uomo, e faceva il carrettiere, erano fuori: Martino in giornata a spillare i vini, ed il figlio in giro pe' suoi trasporti. La massaia preparava la minestra; e Nanna, seduta sul gradino dell'uscio con parecchi canestri intorno, preparava la verdura da portare al mercato.

Gli inquilini della cucina a sinistra, due vecchi che avevano maritate le figliole, ed erano rimasti soli, sloggiavano. La donna venne sull'uscio a salutare le vicine mentre il marito finiva di rassettare il carro colle masserizie.

— La mamma non c'è? — domandò a Nanna.

— Sí. È qui che accende il fuoco. Eh! Mamma! — Ella diede quella risposta, e fece quel richiamo senza alzarsi per isgombrare la porta. I contadini non fanno complimenti. Vedeva che quella donna non aveva tempo di fermarsi a fare una visita, e risparmiava atti e discorsi inutili. Maddalena venne sulla soglia e si fermò in piedi dietro a Nanna.

— Ve ne andate, Menghina?

— Sí, è l'ora. L'altro inquilino giungerà a momenti. — Rimasero un tantino tutte e tre in silenzio: poi Menghina riprese:

— Sicché, addio Maddalena. Salutatemi i vostri uomini.

— Li saluterò, non dubitate.

— Ed anche voi Nanna; addio. E perdonatemi tutte e due, se in quest'anno vi ho dato qualche dispiacere.

— Che! Non lo state a dire; ci siamo trattate da buone vicine; piuttosto dovete perdonare la Nanna, se qualche volta è stata un po' brusca.

— Sí Menghina — disse Nanna — se v'ho offesa vi domando perdono.

— Ma che! Ma che! Abbiamo tutti i nostri momenti cattivi. Perdoniamoci a vicenda e lasciamoci da buone vicine e da buone cristiane.

E dopo questa cerimonia, a cui le donne del popolo non mancano mai, si ricambiarono ancora i saluti, poi la vecchia raggiunse il marito, sedette dietro il carro, e tutti e due ripeterono:

— Addio Maddalena, addio Nanna!

— Addio; chissà che non ci rivediamo, eh?

— Chissà! Andiamo un po' lontano. Se non ci rivedremo a questo mondo ci rivedremo in quell'altro.

Ed il vecchio diede una frustata al cavallo, e lentamente se ne andarono.

— Peccato! — disse Maddalena tornando alla pentola in cui bollivano i fagioli. — Peccato; erano buoni vicini; era come non averli. Ora chissà che ci verrà.

— Ma! — rispose Nanna. — Si dice che vengano due sposi; ma non si sono mai fatti vedere. Quel vecchio che è venuto a visitare il fondo e la casa era il babbo della sposa.

— Avranno vissuto finora in famiglia, ed avranno aspettato che questo alloggio rimanesse libero, per metter casa a parte.

Nanna non rispose altro a questa supposizione di Maddalena, e continuarono ciascuna il proprio lavoro.

Mezz'ora dopo si udí da lontano cigolare un carro. Nanna alzò il capo e stette in ascolto. La memoria di Gaudenzio non s'era mai affatto cancellata dal suo cuore. Ma si udirono degli *Eeh! Eeeh!* ripetuti, che non erano di Gaudenzio.

— Ecco i nuovi vicini che giungono — disse Nanna

E, puntando i gomiti sulle ginocchia, ed il mento sui pugni chiusi, stette ad aspettare cogli occhi fissi al viale che metteva nel cortile. Grado grado il cigolio del carro s'andò facendo piú distinto; s'udivano tinnire le corde dei finimenti, e gli *Eeh!* del conduttore suonarono piú chiari, fino all'ultimo che rimase strozzato in gola. Il nuovo inquilino giungendo nel cortile aveva riconosciuto Nanna, e Nanna aveva riconosciuto lui.

Era il giovane che l'aveva corteggiata in risaia alla seminagione, lo sposo semi-promesso. Ma giungeva tardi, e non giungeva solo. Seduta sul carro, comodamente adagiata sopra un materasso, c'era una giovane sposa, pallida, sofferente, vicino alla prima crisi materna. Nanna guardò la donna con curiosità. Ella non aveva punto amato quell'uomo. Aveva sperato di sposarlo, lui come un altro, nel proprio interesse: ma non ci aveva posta nessuna passione.

E tuttavia provò un senso di soddisfazione al vedere che la sposa non era bella né florida.

Fu una specie di gratitudine verso quella rivale, che non la offendeva col confronto d'una superiorità umiliante per lei.

— Oh, buongiorno giovanotta — disse il nuovo venuto salutando Nanna. — Non credevo di trovarvi qui.

— Avete la memoria corta — rispose Nanna con un po' d'acrimonia

— No; mi ricordavo quello che mi avete detto. Ma supponevo che sloggiaste. E che fosse la casa vostra quella che s'era presa per noi.

Intanto la sposa s'era mossa per scendere dal carro, e Nanna era accorsa col marito per aiutarla. La povera giovinetta, sorridendole del melanconico sorriso degli ammalati, prese parte per la prima volta al discorso con una parola di conciliazione e di bontà

— È meglio che siate rimasta — disse — giacché con Pacifico vi conoscete già, ci faremo buona compagnia.

E cosí avvenne infatti. Pacifico non fece piú la menoma allusione al suo incontro con Nanna in risaia; ed ella comprese che s'era ingannata allora, ed aveva attribuito a quel discorso un senso che Pacifico non ci aveva posto.

La speranza le morí un'altra volta nel cuore, e con essa, quel po' di serenità che aveva ripresa scomparve. Tuttavia fu sempre servizievole per la sua giovane vicina, che dopo un mese divenne madre d'una bambina delicatina come lei. Quella donnina non aveva salute, e l'allattamento finí di sciuparla.

— Le risaie mi hanno rovinata — diceva.

Il marito la trattava con molta bontà; le aveva ogni possibile cura. Ma questo non le impedí di illanguidire sempre piú. Era ammalata ai polmoni di quella malattia terribile che non perdona, e dopo meno d'un anno morí, lasciando Pacifico vedovo con una bambolina di undici mesi sulle braccia.

I contadini non possono permettersi il lusso della fedeltà alla memoria della moglie perduta, se questa ha lasciato figli. La vedovanza è dispendiosa. Ha bisogno dei collegi, delle governanti, di molte cose che costano denaro. E quei poveretti che debbono lavorare fuori di casa dall'alba al tramonto, sono costretti a dare ai loro bimbi una matrigna perché ne abbia cura.

Ma Pacifico non pensò a rimaritarsi. Pregò Maddalena di trovargli una ragazzetta che assistesse la sua bambina nelle ore in cui egli doveva star fuori al lavoro, e di tenerle d'occhio tutte e due.

— Dovresti badarci tu a quella piccina — disse Maddalena alla sua figliola; ma Nanna, dopo l'ultima delusione s'era fatta aspra e ritrosa come prima, ed a Pacifico specialmente usava sgarbatezze speciali. Ella disse che non amava i bambini, che non voleva seccature, e suggerí una piccola governante di dieci anni, che Maddalena andò a domandare a' suoi parenti, e pose al servizio del vedovo, per supplirlo durante la sua assenza nei suoi doveri di babbo.

XVII

Cosí passarono ancora due anni. Una sera Maddalena aveva scodellata la minestra. Nanna s'era seduta sul gradino dell'uscio per mangiarsela in silenzio. Era la sua abitudine, come era l'abitudine di Pietro d'andare a cenare sulla trave nel cortile, per discorrere con Pacifico, e scherzare colla bambina che cominciava a farsi capire. Ma quella sera Pietro aveva il volto imbronciato, e si pose a mangiare accanto alla tavola, dov'erano il babbo e la mamma.

— L'hai finito quel trasporto di letame? — gli domandò Martino.

— No — rispose Pietro senza rasserenarsi.

— Quanti carri te ne rimangono?

— Tre.

— Bada di finire entro la settimana, e poi pensa subito alla legna del bosco di Menico. M'ha detto che ha bisogno di quattrini; e se non gliela porti martedí al mercato di Novara, troverà un altro carrettiere.

Pietro non rispose.

— E sarà Gaudenzio, capisci? — ripigliò Martino. — Quello sa cercarlo il lavoro. Appena s'accorge che c'è un trasporto da fare, è subito là col suo carro, e colle belle e colle buone riesce a farlo lui.

— Perché Gaudenzio non ha altro a pensare.

— E tu cosa ci hai da pensare? Il mangiare, grazie a Dio, non ti manca.

— Non si è al mondo soltanto per mangiare. Ho venticinque anni, sapete.

— Lo capisco io. E vorresti pigliar moglie, eh?

— Mi pare che sia tempo. Guadagno abbastanza per mantenerla.

— E ce l'hai la ragazza?

— Me l'ha fatta conoscere Pacifico. È del suo paese; una bella giovane, ed ha della roba anche.

Nanna udiva tutto e le balzava il cuore, e le tremava la mano da non poter piú reggere il cucchiaio.

Il vecchio guardò Maddalena che gli accennava la figliola, poi disse:

— Ma come si fa con questa ragazza che abbiamo in casa?

— Ho da pensarci io? — ribatté Pietro. — Maritatela, se vi riesce. Ma io non posso star sempre solo, perché lei non trova chi la sposi.

— È presto detto maritatela; ma con chi?

— Ditelo a Pacifico. Egli fa un po' da sensale, e ne combina parecchi di matrimoni.

Nanna gettò convulsamente la scodella sul gradino e si rizzò tutta irritata e tremante.

— Io non ho bisogno che nessuno mi cerchi il marito. Se sono tanto brutta da non poterlo trovare da me, pazienza; rimarrò zitellona; ma non voglio maritarmi per mezzo di sensali. — Ed uscí in corte, e scoppiò in pianto.

Il confronto tra quella fanciulla giovane e bella, che Pietro desiderava, ed era impaziente di sposare per timore che altri la pigliasse prima, e lei, che nessuno desiderava, ridotta ad essere offerta ad un sensale perché cercasse di collocarla in qualche modo, l'aveva profondamente umiliata. Aveva il cuore amareggiato. Ad un tratto le balenò un'altra idea, un'altra idea dolorosa. La piuma! Non aveva piú letto nuziale. Tutto il sangue le ribollí. Tornò impetuosa all'uscio, e gridò con voce tremante di dispetto:

— Se non mi aveste venduta la mia piuma l'avrei trovato lo sposo.

— Ebbene, trovalo, e ci penso io a rifarti il letto — disse Pietro, che aveva messo a parte un po' di quattrini per le sue nozze, e li sacrificava volentieri per togliere di mezzo quell'ostacolo.

Nanna tornò ad allontanarsi, e vagolando sola nell'orto fra le penombre del crepuscolo, pensò a lungo; poi ripensò la notte nella sua stanza. L'idea di una cognata bella, sposa, a cui tutti farebbero complimento, che attirerebbe tutti gli sguardi, mentre ella starebbe al suo fianco brutta, vecchiotta, negletta come un cencio, le torturava il cuore. Assistere alle tenerezze del fratello mentre a lei zitellona nessuno farebbe tenerezze; vedere le gioie materne della cognata, mentre lei non avrebbe mai un figlio suo; e curare quei figlioli d'un'altra; e divenire la serva dei nipoti, era una prospettiva spaventevole. Odiava quella cognata prima di conoscerla; odiava quei bimbi che erano ancora nel caos. Ed invidiava quelle gioie che piovevano, forse neppure invocate, su quella fanciulla di diciotto anni.

Che cosa aveva fatto per meritarle, mentre lei, che tutta la gioventú aveva lavorato e sofferto, ne era priva per sempre?

Poi pensava la proposta di Pietro di rifarle il letto, purché si maritasse, e di raccomandarla a Pacifico perché le trovasse uno sposo. Dunque credeva possibile di trovarlo. E lei ci aveva rinunciato! Ma aveva pensato davvero a rinunciarvi per sempre? Uno sposo proposto da un sensale non potrebbe essere un marito come un altro? Ella ormai non aveva grandi pretese. A Gaudenzio non ci aspirava piú. Purché fosse un uomo giovane, e buono, che le volesse bene, purché potesse maritarsi come le altre fanciulle, e non rimanesse ad invecchiare all'ombra della cognata, non domanderebbe di piú.

E s'abbandonava a sogni, a progetti d'avvenire. Verrebbe la proposta, e lo sposo. Un uomo sulla trentina.

— Se mi volete — le direbbe — quanto a me sono disposto a farvi buona compagnia. — E lei darebbe il consenso; ed il suo cuore, avido d'amore, si sentiva già legato a quell'essere ideale. E poi andrebbero a Novara a comperare gli orecchini ed il monile e l'anello; e si farebbero le nozze. E la cognata la troverebbe maritata ella pure, sposa ella pure. E non vivrebbero insieme. Ella andrebbe fuori; lontana forse. E vedeva la sua casa. La cucina colla madia, la tavola, le pentole, i secchi; e la camera coll'ampio letto nuziale, e la cassa ai piedi del letto col corredo. E vedeva sé stessa, donna e padrona nella sua casetta; e si figurava tutto il corso della giornata. Le occupazioni da massaia, di cui le donne, e specialmente le contadine, vanno tanto superbe. Le gite al mercato a vendere per proprio conto. Le ciarle colle vicine; i lavori nell'orto, e finalmente, da ultimo, per la *bonne bouche*, il ritorno del marito la sera, e la minestra mangiata in comune, a porte chiuse, quando, soli l'uno coll'altra, oserebbero amarsi, e la soggezione del mondo non paralizzerebbe le carezze. E su quest'immagine si fissava col pensiero, insisteva con delizia, e le sussultava il cuore e ne era commossa fin quasi al pianto. Dopo averci meditato tutta intera la notte, quell'idea le si era cosí ben radicata nella mente e nel cuore da non poterci piú rinunciare. Quasi si meravigliava di non essere ancora sposa; e le pareva impossibile che quelle dolcezze, vedute tanto dappresso, fossero ancora cosí lontane ed incerte.

Ed il sensale, disprezzato il giorno innanzi come una vergogna, le parve ormai una benedizione.

XVIII

Nel pomeriggio Nanna stava alla fonte mondando gli ortaggi che Maddalena doveva portare l'indomani al mercato, quando Pacifico uscí dalla sua cucina, e venne alla fonte anch'esso con un paniere, per lavare i cavoli e le zucche affettate, che aveva preparato per la minestra.

— Addio Nanna — disse immergendo il paniere che si riempí d'acqua e risciacquandovi la verdura.

—Addio. Fate da massaia eh, Pacifico? — rispose Nanna.

— Ma! Cosa farci? Poiché quello di lassú s'è voluto pigliare la mia, che era tanto buona...

— E lo sapete che mio fratello vuole ammogliarsi? — domandò Nanna interrompendo egoisticamente quello sfogo di dolore vedovile.

— Sí, colla Rosetta di Cerano. Sono io che gliel'ho fatta conoscere. È una bella giovane.

—Chi non lo sa? Sono soltanto le belle che vanno a marito.

—Ma che! Ci vanno anche le brutte. Di carne al macello non ne avanza mai.

— Intanto io perché sono brutta, non ho trovato nessuno sposo.

— E se ve lo trovassi io, Nanna?

Ella capí che il babbo gli aveva parlato, e si curvò verso la fonte senza rispondere, per dissimulare la gioia che la faceva sorridere suo malgrado.

— Dite, lo pigliereste, se io ve lo trovassi, lo sposo? — tornò a domandare Pacifico. Nanna si curvò maggiormente mordendosi le labbra. Gongolava. Era come un ammalato che torni alla vita dopo una lunga infermità di cui ha creduto morire. Riviveva all'amore, si rivedeva sposa, lei che aveva già perduto tutte le speranze.

Pacifico vedendo che rideva, prese un pezzo di zucca nel paniere e glielo gettò graziosamente tra capo e collo ripetendo la sua domanda.

— Dite dunque, Nanna. Lo pigliereste?

— Provate a cercarlo e poi si vedrà — rispose Nanna facendo la preziosa; e gli sorrise maliziosamente e fuggí in casa.

— Ha già posto gli occhi su qualcuno — pensava — Ecco, sono sposa. Non è poi stato difficile come si credeva.

Ma tutta la settimana passò, senza che nessuno le parlasse di sposo. Che si fosse ancora illusa?

Intanto Pietro era sempre di malumore in casa, e stava spesso fuori, ed i parenti dicevano:

— Bisogna finirla. Quel ragazzo non ha la testa a segno. — E Nanna tornava a vedere il fantasma della cognata, e tremava.

Finalmente, la domenica, uscendo dai vespri, Pacifico s'accostò a Martino con una cert'aria misteriosa che prometteva bene. Nanna che era indietro un tratto s'affrettò per passare accanto agli uomini, nella speranza di cogliere qualche parola.

— Vi ho da parlare — diceva Pacifico. — Volete che andiamo a berne un bicchiere?

Nanna udí, e passò dinanzi sogghignando senza guardarli.

— Buondí Nanna — le gridò Pacifico.

Ella si voltò, rise e tirò via. Il suo cuore esultava. Era sicura che lo sposo c'era. Finalmente non sarebbe piú considerata come un rifiuto, diverrebbe una donna come le altre.

Quella sera, quando tutti si ritirarono all'ora della cena, ella prese il suo piatto di riso, ed andò a sedere nel cortile, sperando che il babbo andrebbe a dirle quanto aveva proposto Pacifico. Ma, invece, Martino la lasciò cenare in pace, e quando ebbe finito la chiamò in casa. Quel discorso solenne voleva farlo presente alla famiglia riunita.

— Ebbene, Nanna? — le disse. — Hai voglia o no di maritarti?

— Oh, per me... — disse Nanna alzando le spalle e volgendo il dorso in atto vergognoso, ma le brillavano gli occhi; e si vedeva vagamente dinanzi un giovinotto dall'aria spavalda, con un garofano all'occhiello ed il cappello sull'orecchio; la ragione non basta ad imbrigliare la fantasia.

— Lo sposo ci sarebbe — soggiunse il babbo.

Nanna si appese coll'immaginazione al braccio del giovinotto, dal lato opposto al cappello ed al garofano, e si ammirò nel suo vestito da sposa di lana e seta cangiante, e sorrise a quell'immagine.

Martino, dopo quelle parole, stava zitto tirando lunghe boccate di fumo dalla pipa. Nanna era impaziente di saper altro. Si voltò a mezzo, e guardò il babbo sogghignando.

— E cosí? — disse il vecchio.

— Ebbene, dite su — rispose Nanna.

— Cosa vuoi ch'io ti dica? L'hai pur veduto chi è che m'ha parlato dopo i vespri.

— Pacifico.

— Sí, Pacifico. Dice che con quella bimba da custodire non ha testa al lavoro; ed a lui converrebbe appunto una giovane matura, punto bella, che non avesse grilli in testa, e potesse far da mamma alla sua creaturina.

Nanna si sentí venir freddo al cuore. Il giovinotto, il garofano, l'abito cangiante, le svanirono dagli occhi, come avvolti in una nube. Si vide brutta, col suo capo senza argento; vecchia accanto a quello sposo vecchio, che la cercava non per sé ma per la sua figliola, per farle fare da matrigna. Vide quelle nozze senza espansioni, senza feste ed a due passi da lei, nello stesso cortile, la cognata giovane e bella, trionfante nelle pompe e nelle gioie nuziali.

Provò una grande vergogna. Ebbe un grande dispetto contro Pacifico, contro il babbo, contro tutti. Proporle di sposare lui stesso, da parte di quel sensale, era quanto dirle:

— Non credo vi sia altri che vi voglia. — E per colmo di oltraggio, diceva di pigliarla perché era *matura* e *punto bella*.

Nanna non aveva espansioni. Gioia, dolore, dispetto, racchiudeva tutto in sé. Sentí una fitta atroce al cuore, e le si empirono gli occhi di lagrime. Ma non fece altro che abbassarsi sul volto la pezzuola che aveva in capo, e rimase muta, senza voltarsi, divorando le sue lagrime.

Martino fece spalluccie ed uscí nel cortile borbottando:

— Non si sa come pigliarla.

Pietro picchiava un piede in terra, e dimenava il capo con dispetto. Ma non disse nulla e continuò a sminuzzare un pezzo di pane col coltello. La mamma s'accostò a Nanna, la prese per un braccio e le disse:

— Via, vieni qui; parla. Lo vuoi o non lo vuoi?

Nanna strappò con mal garbo il braccio a quella stretta e gridò:

— Piuttosto morire, guardate, che pigliarmi un vecchio e fare la matrigna!

— Oh senti! — disse finalmente Pietro — Pacifico non è punto vecchio. Ha trentasei anni, e tu ne hai ventisette. I signori si sposano sempre cosí; il marito piú vecchio della moglie, magari di dieci anni. E poi Pacifico è un brav'uomo. Cosa vuoi trovare di meglio? È quello che ti conviene.

— Sí eh? Conviene a voi altri perché se sposo un vedovo il letto lo ha lui, e non avete da rifarmelo. Ebbene, a me non conviene niente affatto.

— E fa come ti pare. Ma ricordati ch'io non voglio star senza moglie pei tuoi capricci. Ora lo sposo l'avresti. Se non lo vuoi, peggio per te.

— Sicuro — entrò a dire Martino — Pietro ha ragione. Di casa non ti si manda via. Ma non posso impedire che tuo fratello si faccia una famiglia. Se Pacifico non ti piace, non lo sposare; però, se non andrai d'accordo colla cognata non venirti poi a lagnare. Sarai stata tu a voler rimanere in casa.

— Io non starò in casa. Andrò a fare la serva a Novara.

— Questo poi no — ribatté Martino con un'energia tutta nuova in lui. — Di casa mia nessuno è mai andato a servire. Può darsi che tu trovi ancora da maritarti; e se troverai, il letto si farà; quello che è giusto è giusto. Altrimenti lavorerai in casa e fuori, ma a servire in città, dove ci sono servitori, soldati, bottegai, tutti sfaccendati che insidiano le ragazze, signora no; non si deve andare.

Nanna non era donna da prendere una risoluzione da sé. Tenne il broncio per parecchi giorni, e rimase piú cupa di prima. Ma stette in casa. Ed il matrimonio di Pietro si concluse; Martino andò con Pacifico a Cerano a domandare la mano di Rosetta. Poi i due sposi coi babbi andarono a Novara a comperar l'oro. Maddalena fece imbiancare la stanza accanto alla sua, dissopra alla cameretta di Nanna ed al forno, lavò il pavimento e dispose tutto per ricevere il letto e la cassa della sposa.

XIX

Nanna disse ai parenti che voleva andare alla mietitura del riso per non esser presente alle nozze. La mamma capí l'umiliazione che avrebbe patita; se ne discusse a lungo in famiglia e, contro tutte le regole, si stabilí di fare il matrimonio in quell'epoca di grandi lavori, per risparmiare un disgusto alla figliola disgraziata.

E Nanna partí tanto piú volentieri, perché Pacifico, durante quegli apparecchi d'un matrimonio combinato da lui, era sempre in casa, ed essa l'aveva preso in uggia dopo la sua proposta; non poteva perdonargli d'averla chiamata una donna matura e punto bella; e non gli parlava piú affatto.

Sul finire della mietitura Gaudenzio, dovendo passare presso la risaia dove lavorava Nanna, s'incaricò di portarle qualche provvigione e gli sponsali che le mandava Maddalena.

— Quello è un bocconcin di sposa che ha portato a casa vostro fratello — le disse. — Bella come un fiore, forte come una colonna, vispa come un'allodola.

Il cuore di Nanna era tutto fiele per quella cognata. Si abbandonò a pensare di donne che, dopo il primo parto, avevano perduto tutti i capelli, e di gravidanze che fanno uscire macchie gialle sul viso e cadere i denti. E si compiaceva di figurarsi che fra un anno quella bellezza avrebbe un figliuolo e non sarebbe piú bella.

Poi Gaudenzio raccontava i particolari delle nozze. La settimana prima della cerimonia, la sposa, accompagnata dalla mamma, era andata in giro con un tondo di confetti in una salvietta, ad offrirli casa per casa ai signori del paese. Cosí si usa da tutte le spose; ed i signori prendono un chicco, e mettono una moneta nel tondo; per lo piú una lira. Ma Rosetta aveva tanta buona grazia che tutti erano stati generosi con lei, ed aveva raccolto de' bei quattrini. La mattina delle nozze poi, era vestita come una madonna, e c'erano state due carrozzelle ad accompagnarla da Cerano fino alla casa dello sposo.

— Ma il piú bello — continuò a dire Gaudenzio — è stato nell'entrare in casa. La vostra mamma che è una donna all'antica, ha posto a terra la scopa traverso l'uscio.

— Non occorre d'essere all'antica per questo, — interruppe Nanna, che maliziosa com'era, aveva già presentito in quell'accusa alla suocera un'intenzione di difesa per la nuora. — Tutte le mamme sbarrano l'uscio colla scopa. E se la sposa è una buona massaia la prende in mano per sgombrare il passo; e se è una trascurata passa lasciandola a terra.

— Ma che! Queste sono idee della mia nonna! — disse Gaudenzio che faceva sempre pompa delle sue opinioni avanzate. — Quel folletto di ragazza aveva proprio necessità di sgombrare il passo! Bisognava vederla! Ha fatto un salto che ne avrebbe scavalcato una dozzina di scope.

— Ha scavalcato la scopa? — esclamò Nanna coll'aria piú scandolezzata che poté assumere come avesse detto: — Ha dato fuoco alla casa? —

— Sí! L'ha scavalcata! Che male c'è? Non lo sapeva di dover prenderla in mano per mostrarsi casalinga.

— Che! Non lo sapeva. Se usa a Trecate, non si può ignorarlo a Cerano. Non c'è mica il mare di mezzo. È che non ha voglia di essere casalinga; ecco! Non ha presa la scopa!

E Nanna gustava tutte le acri voluttà del male, in quel piccolo trionfo di cogliere in fallo la povera giovinetta

E piú tardi, passando accanto ad un gruppo di fanciulle raccolte nell'aja intorno a Gaudenzio, che raccontava ancora ed ancora le meraviglie della loro giovane compagna, Nanna gridò con disprezzo:

— Sí eh? Bella moglie, che non ha neppure presa in mano la scopa!

Ma Gaudenzio, che di peli sulla lingua non ne aveva proprio, le rispose dinanzi a tutti:

— Badate, Nanna, è l'invidia che vi fa parlare; perché gli anni passano, ed il marito non viene, e la sposa è piú bella di voi.

Ah! Quel Gaudenzio era terribile! Egli pure non era piú giovane; aveva trent'anni. Ma col suo cappellino sull'orecchio e la sua aria disinvolta, era sempre irresistibile ad un modo; era sempre il *lion* del paese per tutta l'estensione a cui giungeva il suo carro, e nessuno avrebbe pensato di trovarlo troppo vecchio per la vita galante che menava. Le fanciulle erano tutte indulgenza per lui; ed a quella sua uscita contro Nanna, posero il visto con una risata, insolente.

Tutto codesto non era fatto per stabilire i preliminari della pace fra le due cognate e Nanna tornò a casa piú che mai inviperita contro la sposa.

XX

Rosetta era veramente una bella giovane. Non una bellezza da romanzo; neppure una figurina elegante, ideale, com'era stata Nanna a diciassette anni. Ma una bella contadinotta, bianca, rossa, paffuta come un pomo, ben piantata su due gambe che parevano colonne, con fianchi e spalle da cariatide; doveva esser feconda come una Niobe, ed il suo petto era abbastanza vasto per nutrire i quattordici figlioli. La sua salute non smentiva quella florida apparenza. Dacché era al mondo nessun medico le aveva mai tastato il polso; e nel suo cuore esultava tutta la giocondità della gioventú e della salute. Ella s'era guadagnato subito l'animo dei vecchi suoceri. Il salto della scopa aveva finito nelle braccia di Maddalena, che l'aspettava a quel punto per giudicarla. Ma quell'abbraccio espansivo, che fu ad un punto da stramazzarla a terra, commosse vivamente la povera donna, che la sua figliola aveva da lungo tempo divezzata dalle carezze.

Dalla cantina al solaio la casa echeggiava tutto il giorno della voce giuliva di Rosetta, e Martino diceva:

— È il carnovale che ci è entrato in casa con questa sposa.

Pietro invece era malinconico e taciturno. Aveva l'animo affettuosissimo; non esitava mai dinanzi ad un sacrificio per una persona cara; ma esitava terribilmente dinanzi ad una parola. Era timido fino alla selvatichezza. In quei primi giorni di nozze era sempre imbarazzato delle proprie emozioni; se ne vergognava, e mentre aveva il cuore gonfio di dolcezza, usciva sempre d'impaccio con uno sgarbo. Pover'uomo! Quanto avrebbe avuto bisogno l'isolamento incoraggiante del viaggio di nozze! Ma questo lusso d'espansioni da solo a solo è riservato ai signori.

I contadini, che vivono in famiglia, alla patriarcale, sono condannati a far all'amore sotto gli occhi dei parenti, a frenare tutti gli impeti del loro cuore, povera gente!

Appena Rosetta vedeva rientrare il *suo uomo*, come si dice in quelle campagne, gli saltava incontro facendogli festa.

— Bentornato, uomo! Avete appetito? Abbracciate la vostra donnina. — Pietro l'avrebbe abbracciata con tutta l'anima, ma si faceva tutto rosso, sbirciava il babbo e la mamma, poi si schermiva con una mala grazia, dicendo alla sposa:

— Sta un po' cheta! Sei matta.

Rosetta non era una tempra abbastanza delicata per soffrirne tutta la mortificazione che ne avrebbe sofferto una delle mie lettrici. Capiva che il suo uomo si vergognava, e gli rispondeva con una risata.

Quando giunse Nanna dalla risaia, la sposa era nell'orto.

— Rosetta! — gridò Maddalena. — C'è la Nanna.

Rosetta non fece altro che rimboccare il grembiale colmo dell'insalata che aveva raccolta, lo annodò in fretta dietro la vita, e via di corsa traverso le aiuole. In un minuto sbucò da dietro la casa gridando:

— Dov'è questa cognatina? — e vedendola in arnese da viaggio cogli zoccoli da una mano ed il fagotto dall'altra, le saltò al collo e la baciò sulle guancie.

Nanna si lasciò fare, freddamente, senza ricambiare quell'espansione; ed appena poté svincolarsi entrò in casa mormorando:

— Che scene! — Mentre la sposa dal canto suo pensava:

— È come Pietro. Sono tutti cosí. Non osano dimostrarsi; vogliono bene, ma se lo tengono in cuore; non lo sanno mettere fuori.

Dopo il matrimonio di Pietro, Gaudenzio capitava spessissimo alla cascina dei Lavatelli.

— Come va, Gaudenzio? — gli disse una volta Nanna con amarezza. — Avevate dimenticata la strada di casa nostra, ed ora l'avete ritrovata?

— Io vado sempre dove ci sono le belle donne — rispose quel fatuo. — Ora che avete la cognata bella ci vengo.

Nanna se la legò al dito. Era uno scherzo impertinente in cui la sposa non aveva che una parte passiva. Ma Nanna gliene addossò tutta la responsabilità, e vi soffiò dentro col suo odio fino a gonfiare quell'inezia alle proporzioni d'un adulterio.

Intanto era venuto l'autunno colle lunghe serate e le veglie nella stalla. Rosetta colla sua cordialità aveva fatto parecchie conoscenze nei dintorni, ed attirava in quella stalla, altre volte cosí uggiosa, un gruppo di vicine, tutte in ammirazione del buon umore e della graziosità della bella sposa.

C'erano parecchie fanciulle; Nanna sedeva con esse a filare; ma il suo capo ravvolto nella pezzuola, la sua taciturnità, il viso imbronciato, l'umore intollerante, i giudizi malignati e severi, la invecchiavano assai e la facevano stare a disagio e spostata in quella schiera giuliva.

Rosetta invece, nella sua grave qualità di donna maritata, doveva collocarsi fra le massaie, ed attendere all'importante missione di rattoppare gli abiti del suo uomo. E lo faceva di cuore, ed agucchiava con tutta l'energia del suo braccio robusto, e tagliava nettamente il filo co' dentini bianchi.

Ma i discorsi delle massaie che si narravano a vicenda le loro varie gravidanze, e gli allattamenti, ed i miracoli del santo del paese, e gli amuleti di famiglia, e le varie malattie, e le permanenze all'ospedale, non interessavano punto la giovane sposa. La sua esperienza di diciott'anni non le offriva il menomo argomento per prender parte a quei gravi parlari. Ed intanto il chiacchierio civettuolo e pettegolo delle fanciulle trovava la via di venirle all'orecchio e da lontano ella mandava il suo razzo in quel fuoco d'artificio, e le ragazze lo accoglievano ridendo, ed ella rideva piú forte di loro. E tutta quella ilarità giovanile passava e ripassava come una palla, dissopra al capo seriamente coperto di Nanna, senza lasciarsi impaurire nemmeno per ombra dalla sua severità. E Nanna sentiva, nel suo cuore inviperito che la cognata era felice suo malgrado, e ne fremeva.

XXI

Pietro, assiduo al lavoro, era spesso fuori di sera pe' suoi trasporti. Gaudenzio invece era divenuto un costante frequentatore della stalla. Il suo arrivo era una festa per tutte quelle giovani, ed un tormento per Nanna, per la quale egli aveva sempre qualche crudele verità in pronto, mentre invece era tutto galanteria per la cognata.

Oh, se Nanna avesse potuto allontanarlo per sempre, far nascere una lite che lo mettesse alla porta! Le pareva che gli altri non si sarebbero accorti che era vecchiotta e brutta, se quel giovane temerario non fosse stato là a ripeterlo ad ogni momento.

Se voleva fare un complimento a Rosetta pe' suoi capelli, Gaudenzio non sapeva farlo senza dire una scortesia a Nanna.

— Ci avete anche la parte di vostra cognata.

Se la sposa si vantava di non esser mai stata un giorno a letto, di non aver mai preso una medicina.

— Precisamente come Nanna — diceva con ironia Gaudenzio. Era un tormento. Quando poi si parlava di nozze la povera zitellona era sempre in ballo.

— Gaudenzio, sapete chi si fa sposa?

— Chi? La Nanna?

E tutte a ridere, ed a dirgli di buffone per vezzeggiativo. E Pacifico, l'unico uomo che l'aveva domandata, ed in che modo! Era là, ed udiva tutti quei discorsi, che erano una conferma del suo giudizio: *matura* e *punto bella*.

E Nanna si faceva ogni dí piú sospettosa e cattiva. Odiava la cognata, odiava Gaudenzio, odiava tutte le persone giovani e belle e felici. Aveva torto. Ma loro mie signore, che mi leggono sedute nel loro salotto accanto ad uno sposo che le adora, loro in cui l'educazione ha raffinato il senso morale, mi dicano, colla mano sulla coscienza, possono giurare che non avrebbero fatto altrettanto alla prova di quelle piccole torture d'ogni momento?

Una sera di novembre Pietro giunse col suo carro, e staccato il cavallo, andò a raggiungere la famiglia nella stalla

Rosetta aveva smesso di corrergli incontro e abbracciarlo, a forza di vedersi respinta dalla timidezza selvaggia del marito. Aveva accanto Gaudenzio che le diceva mille corbellerie, e si limitò a gridare:

— Addio Pietro; buona sera — senza scomodare né sé né il suo cavaliere e Nanna si legò al dito anche questa.

— Mamma — disse Pietro a Maddalena. — Sono stato a Cerano. La mamma di Rosetta ha avuto Lucia colle febbri intermittenti dopo la mietitura del riso. Dice che il medico l'ha consigliata di farle cambiar aria; e, se voleste, la manderebbe qui da voi, con sua sorella.

Nanna ebbe un nuovo sussulto. Lo dissi già; in tutte le donne giovani e belle vedeva un'avversaria.

— Quanto a me — disse Maddalena, — la vedrò volentieri sicuro; ma dove vuoi che la mettiamo a dormire quella ragazza?

— Quando io sono fuori può dormire colla mia donna; sono sorelle ed andranno d'accordo. E le notti ch'io passerò a casa, starà nel letto con Nanna.

Nanna fremette all'udire quella combinazione. Ma non ebbe neppure l'idea di opporsi. Nelle campagne le donne vivono in una sommissione assoluta. Soltanto le massaie possono far valere in una certa misura la loro volontà; ma le ragazze sono sottomesse, e sarebbe sembrata una stravaganza da parte di Nanna il non voler dividere il suo letto con quella fanciulla che non conosceva; come non si supponeva neppure che la giovane ospite potesse manifestare la menoma ripugnanza a dormire con Nanna.

L'indomani Pietro partí per portare della legna a Cerano, ed al ritorno condusse la cognatina.

Era una fanciulletta di sedici anni, delicatina, allungata ed impallidita dalle febbri, gentile, bianca, cogli occhi azzurri ed i capelli bruni, con una boccuccia piccina che rideva spesso e volentieri, ed una vocina infantile. Pareva una signorina vestita da campagnola. Portava per le prime volte l'argento, e si lagnava che le dava il mal di capo. Era stata alle scuole comunali, sapeva leggere, scrivere, e persino fare il pizzo all'uncinetto. Una meraviglia!

Gaudenzio, com'era da aspettarsi, volle attirare l'attenzione della nuova venuta, e le parlò con quella deferenza graziosa con cui si parla ai bambini. Egli però non la trovava di suo gusto.

Il peso specifico di quella bimba convalescente non rispondeva al suo ideale, ed egli non era uomo da mettere sulla bilancia l'azzurro profondo di quegli occhioni ingenui, e la grazietta della persona. Ma le si mostrava galante per riguardo alla sorella sposa, che era di peso quella.

La povera piccina non istette a lungo ad accorgersi che quel Gaudenzio era l'aspirazione di tutte le fanciulle della stalla; ed il suo piccolo amor proprio fu lusingato al vedere che si occupava piú specialmente di lei. E dall'essere lusingata dalla preferenza d'un uomo a preferirlo, poco ci corre.

Nanna s'accorgeva di tutto questo. Dell'inganno della bimba, della sua simpatia nascente. E, sebbene vedesse che pigliava un granchio, poverina, se ne aveva male anche con lei, e godeva che non fosse corrisposta come credeva.

La prima sera dopo l'arrivo della piccola Lucia, Pietro giunse nella stalla conducendo un suonatore d'organetto. Tutte le giovani, fanciulle e maritate, balzarono in piedi salutando quella sorpresa con grida di gioia.

Nanna, per istinto, per rimembranza, s'era alzata anch'essa. Ma quando tutti i giovani ebbero scelta la ballerina si trovò sola ad impacciare le coppie danzanti, dovette tornare a sedere accanto alle mamme.

Gaudenzio, vedendo che Pietro si disponeva ad aprire il ballo colla sposa, s'era affrettato a pigliare la forestiera. Nel ricondurre a posto la giovinetta vide Nanna piú avvilita del solito per quello sfregio patito e le disse:

— Non ce ne sono piú eh! Di ballerini per voi, Nanna?

— Io non ho voglia di ballare — gli rispose Nanna che cercava di salvare almeno l'apparenza. Ma con Gaudenzio non c'era verso di salvar nulla Egli aveva bisogno di mettere i punti sulla *i*, anche quando le leggi dell'urbanità protestavano contro quelle dell'esattezza. Egli ribatté con malignità brutale:

— Sí eh! Quel che non si può avere si dà via per carità. — Lucia, che aveva lo spirito un po' piú coltivato, sentí tutta la crudeltà di quelle parole, e cercò di mitigarla come poteva dicendo:

— Vuoi ballare con me, Nanna?

In quella Pietro cessava di ballare con Rosetta, e la conduceva a sedere accanto a Maddalena. Gaudenzio piantò la zitellona e la bimba, e corse alla giovane sposa che sollevò come un conquistatore, e si diede a ballare con lei, alla sua maniera sguaiata e compromettente. Nanna ricusò la gentile offerta di Lucia e seguí con occhio scrutatore la coppia danzante. Ella ne sapeva qualche cosa di quelle strette, di quei dondolamenti, di quegli sfioramenti di guancie, di quelle parole ansimate in un caldo sussurro fra capo e collo. Le impressioni che avevano destate in lei, ora le vedeva riprodotte nella giovane cognata, e fatte piú vive dalle gioia di sentirle condivise dal suo meraviglioso ballerino.

Rosetta infatti, espansiva, chiassosa, gioconda, non si trovava bene con quel marito raggomitolato in sé stesso come un istrice. Aveva soggezione di lui. Non osava fargli una gentilezza perché sapeva che non sarebbe corrisposta. Non osava dirgli una corbelleria, perché non ne avrebbe riso. Invece cogli altri non aveva che ad aprir la bocca per sentirsi dire:

— Che demonietto di donna! Che granello di pepe! Le studiate tutto voi! Ne sapete una piú del diavolo. Con voi di malinconia non se ne patisce sicuro!

Gaudenzio poi era anche piú espansivo e piú complimentoso degli altri. Egli, con quell'audacia che lo distingueva, non esitava ad esprimerle a bruciapelo la sua ammirazione per la sua bellezza.

— Che pezzo di donna! Voi non avete paura che il vento vi porti via. Perché non vi levate un poco la pezzuola dal collo se il danzare vi riscalda! Io non guardo — e si poneva davanti agli occhi le mani colle dita discoste per mostrare il suo desiderio indiscreto di vederla scollata. — Del resto

— soggiungeva — lo so bene che è tutta roba imbottita. — E sorrideva di quella facezia, come se il dirle ch'era grassa e non aveva imbottiture fosse il piú grande vanto che le si potesse fare. Rosetta non era donna da raffinature. Era allegra e pigliava tutto in buona parte. Vedeva soltanto l'intenzione di farle un complimento, e l'accettava senza esaminarla troppo; ed era contenta, perché Gaudenzio le piaceva, e si trovava bene con lui.

— Ecco — pensò Nanna; — sono pochi mesi che è maritata, e fa già all'amore cogli altri.

Era spingere troppo oltre il giudizio temerario; ma ella aveva bisogno di aggravare le cose, per giustificare ai propri occhi l'odio che risentiva, ed il suo progetto di svergognare la cognata e di allontanare quel Gaudenzio che la avviliva sempre.

Ella andò a sedere accanto a Pietro e gli disse:

— Ora hai finito di ballare con tua moglie. È impegnata per tutta la sera... — Avrebbe voluto aggiungere: — con Gaudenzio — ma non ne ebbe il coraggio.

Pietro però, comprese malgrado la reticenza. Adorava la sua bella sposa con tutta l'intensità dei sentimenti concentrati, i quali sembrano aumentarsi di quella tanta parte d'affetto che non espandono in manifestazioni.

Provava già un senso d'invidia per chiunque possedeva quella facile espansione ch'egli non aveva, e che rendeva gli altri piú simpatici di lui. Ne era istintivamente geloso, perché l'apprezzava come una superiorità. La parola di Nanna bastò a fargli volgere su Gaudenzio quella vaga gelosia.

Soffeise profondamente di quel sospetto; ma non lo manifestò, come non manifestava il suo amore. Egli pure, come Nanna, racchiudeva in sé tutti i suoi sentimenti. Era appassionatissimo, e sentiva ardentemente l'aspirazione ad un amore esclusivo.

Ma Nanna si vendicava di non poterlo inspirare. Pietro invece, profondamente buono, ne soffriva soltanto. Non provava come lei l'acre bisogno di far patire anche agli altri la propria sofferenza, di accusarli del proprio male, di odiarli. Si doleva sinceramente di non valere quanto gli altri, che, nell'umiltà del suo cuore, credeva superiori a lui; e la cagione dei torti che sopportava, la cercava in sé stesso. Diceva: — Non so farmi amare da quella donna.— E pensava cosa potrebbe fare per guadagnare il cuore della sposa.

XXII

La prima domenica di dicembre alla messa cantata, la moglie del salumaio di Trecate, che era una giovane sposa, comparve in chiesa con un magnifico spillo d'argento in filigrana puntato nel velo. Figurava un ramo di gelsomini, ed era montato sopra un gambo a spirale, in modo che tremava ad ogni movimento del capo. Fu una grande agitazione fra le donne. L'angelo che portò al Padre Eterno il resoconto di quella messa, ebbe a riferire una quantità di distrazioni e peccati di desiderio. Il nono comandamento pesò quel giorno sulla coscienza di tutte le donne dai quindici anni ai cinquanta. Tutte avevano desiderato lo spillo della salumaia.

La sera nella stalla, non si parlò d'altro. Pietro non era là. Aveva dovuto partire nel pomeriggio della domenica per giungere la mattina del lunedí a prendere un grosso carico di materiali da fabbrica, da condurre alla chiesa di Galliate, che allora era in costruzione, e piú tardi crollò, prima d'esser finita.

Gaudenzio c'era, l'immancabile. Egli pure aveva osservato lo spillo, ed anche la salumaia, che in quanto a grassezza non aveva nulla da invidiare ai generi del suo commercio. Trovava che quello spillo, tremolante come una gelatina, le stava molto bene.

— Che gioia di marito dev'essere quel salumaio! — esclamò Rosetta. — Se Pietro mi regalasse uno spillo cosí, lo mangerei a baci.

— Pietro non può fare simili spese, — disse Maddalena.

— Quanto può costare quello spillo? — domandò Gaudenzio.

— Da quindici a venti lire.

— Eh! Un uomo che vuol bene davvero ad una donna non bada a venti ed anche a cinquanta lire per accontentarla.

Gaudenzio sparò questa bomba di generosità guardando fisso Rosetta negli occhi come per dire: — Io sarei capace di spendere cinquanta lire per voi.

Era il suo bisogno di mettere i punti sulle *i*. E li pose troppo chiari. Nanna capí. Ed anche Lucia, nella sua semplicità, capí che in quello sguardo c'era un commento al discorso.

Ma lei, povera bimba, non pensava che il commento potesse riguardare personalmente Rosetta, che aveva già marito. Uno sguardo d'amore e d'intelligenza rivolto a sua sorella doveva alludere a lei. Gaudenzio le faceva un po' la corte e faceva la corte a Rosetta perché combinasse un matrimonio fra loro. Cosí aveva inteso onestamente le cose quella testina di sedici anni. Per lei era come se avesse udito Gaudenzio dire a Rosetta:

— Io lo pagherei anche cinquanta lire lo spillo per la vostra sorellina.

Nell'uscire dalla stalla non seppe resistere al bisogno di espansione che è tanto prepotente in quell'età e in quei sentimenti. Ella domandò a Nanna:

— Ce l'ha l'innamorata Gaudenzio?

— Che! Potrebbe non averla? Un bel giovane cosí! — rispose Nanna acremente.

— E chi è? — tornò a dire con voce insinuante la piccina.

— Oh, io non dico nulla. Si vedrà. Se saranno rose fioriranno — e seguendo il suo pensiero crudele, soggiunse — e colle spine anche.

Ma la ragazza non fece caso di quella parola e continuò ad interrogare come la spingeva la curiosità appassionata:

— È della nostra stalla? Dimmi soltanto se è della nostra stalla

— Sí. È della nostra stalla. Ed è a lei che porterà il fiore. Oh, s'hanno a vedere di grandi cose qui.

Lucia salí a coricarsi presso la sorella, coll'animo pieno di speranza. Ella aveva interpretato tutto il discorso di Nanna in suo favore. Le ironie non avevano trovato la via nel suo animo sincero, e si teneva certa che la donna amata era lei, e che lei avrebbe lo spillo.

Passarono i primi giorni della settimana. Pietro tornò la sera del lunedí e ripartí il giovedí all'alba. Udí egli pure tutti i parlari delle donne sullo spillo della salumaia. Capí che la sua sposa lo desiderava ed avrebbe voluto dirle: — Io te lo porterò.— Ma ebbe soggezione della mamma, del babbo, della sorella. Gli pareva di udire i commenti che si farebbero alle sue spalle:

— È innamorato come un ciuco della sua donna. Fa tutto quello che piace a lei. Butta i denari dalla finestra per accontentarla.

Egli arrossí a quel pensiero per la sua dignità d'uomo. Avrebbe voluto dare a Rosetta lo spillo, ma segretamente, o in una maniera che giustificasse quella larghezza.

La sera del giovedí era il dodici dicembre. Pietro non era anche tornato. Quando egli era assente, la conversazione della stalla era sempre piú animata, perché Rosetta sfogava il suo umore chiacchierino ed allegro senza soggezione, e Gaudenzio le faceva la corte senza paura di suscitare dei guai.

— A Novara — disse Gaudenzio — la città è tutta in festa questa sera.

— Già — rispose la piccola Lucia ch'era stata a Novara un po' di tempo colla Rosetta, da una sua zia erbivendola — È la vigilia di Santa Lucia. Sotto le arcate dei portici vi sono tanti banchi illuminati, con ogni sorta di chicchi, e Sante Lucie di zuccaro. E tutti i negozi hanno nella bacheca un mondo di belle cose. Ti ricordi Rosetta?

— Altro, che mi ti ricordo! Quell'anno che eravamo dalla zia abbiamo messo fuori dalla finestra il nostro panierino anche noi, e Santa Lucia ha portato la strenna.

— Ebbene? E perché non lo mettete fuori anche questa sera il paniere? — domandò Gaudenzio guardando sempre Rosetta negli occhi. — Chissà che Santa Lucia non passi di qui?

— Che! — disse la sposa. — Come volete che passi? Pietro non è a casa.

— E come c'entra Pietro con Santa Lucia?

— Oh, ci credete bene sciocche! — protestò Lucia. — Fino i bimbi di Novara dicono:

Santa Lucia

Mamma mia

Colla borsa del papà

Santa Lucia la venirà

— Ah voi siete troppo smaliziata — disse Gaudenzio ridendo. — Lo metterà Nanna il paniere; lei ci crede ancora a Santa Lucia; vero, Nanna?

— Io credo tutto, sono una scema — rispose Nanna risentita.

— Eh sí! Scema voi! Ne sapete da menarci a scuola tutti — disse Gaudenzio, cui premeva di rabbonirla per indurla ad approvare la proposta dei panieri.

Nanna sorrise a quel complimento che le era fatto dinanzi a tanta gente. Gliene capitavano cosí di rado, che li gradiva anche quando le venivano per forza.

— Dunque lo metterete fuori il paniere? — insisté Gaudenzio.

— Non è per me che l'avete detto.

— L'ho detto per tutte e tre. Quello che fa una cognata lo deve fare anche l'altra.

— Oh per me... mi sprezzano tutti.

— Vuol dire che tutti vi amano. Chi sprezza ama.

— E poi se trovo il paniere vuoto?

— Date retta; non lo troverete vuoto. Santa Lucia mi ha fatto sapere che passerà dalla vostra finestra. Via, siate buona.

Neppure nei tempi andati Gaudenzio aveva mai parlato a Nanna con tanta deferenza; non l'aveva mai pregata cosí. Non l'aveva mai guardata con quegli occhi supplichevoli. Per la prima volta, dopo tanto tempo, non aveva l'aria di canzonarla. Tutti tacevano nella stalla. Tutti guardavano Gaudenzio e lei. Gaudenzio che la implorava, lei arbitra di farlo contento o di crucciarlo con un sí o con un no. Fu un momento di trionfo insperato per Nanna. Tutta la sua parte di vanità umana e di vanità di donna le si portò al cervello per suggerirle un mondo di speranze e d'illusioni: ed ella disse nel suo pensiero: — Chi sa?

E nel guardare in giro per assaporare quel momento di gloria, incontrò gli occhi di Lucia, intenti su Gaudenzio e su lei, con una velatura cristallina di lagrime.

Capí che la povera bimba era gelosa, e quel sentimento, che inspirava per la prima volta, finí di far perdere la testa a Nanna

— Sí: metterò fuori il paniere — disse. E senza ragionarvi sopra, dimenticando i precedenti che l'avevano messa in sospetto contro la cognata, con tutta la cecità della vanità lusingata, si figurò di trovare il domani nel suo paniere la strenna di Gaudenzio.

Il carrettiere uscí di buon'ora dalla stalla. Aveva i suoi preparativi da fare. Nanna cercò di congedar presto le vicine perché l'impazienza la rodeva. Rientrata in casa disse alle due giovani:

— Mettiamo ciascuna la nostra pezzuola da collo sul paniere, perché Santa Lucia possa distinguer l'uno dall'altro.

Ma Lucia aveva il cuoricino gonfio! Non volle metter fuori il paniere.

— Non sono di casa — disse.

Lo posero Nanna e Rosetta all'unica finestra della cucina che dava sull'orto. Poi le due sorelle salirono coi vecchi, e si ritirarono nella loro stanza, e Nanna entrò anch'essa nella sua.

Ma depose soltanto il lume, poi uscí pian piano nel forno, che aveva una finestra accanto a quella della cucina, da cui era separata semplicemente da un uscio; e là, dietro le gelosie socchiuse, stette in agguato.

Non andò a lungo, che vide un'ombra avanzarsi cautamente fra le aiuole dell'orto, e riconobbe Gaudenzio.

Egli andò alla finestra dov'erano i panieri. Nanna, senza lasciare il suo posto d'osservazione, pose la mano sul chiavistello dell'uscio, ed aspettò stando in ascolto.

Due minuti ancora, ed udí il passo cauto di Gaudenzio che si allontanava. Aperse pian piano; uscí e si trovò sotto la finestra della cucina.

Alzò la mano al suo paniere col cuore palpitante. C'era un oggetto duro, sferico. Lo prese, lo guardò alla scarsa luce della finestra, palpò, trovò il filo. Era un gomitolo.

Era una satira atroce. Dipanar filo, nel gergo del paese, vuol dire rimaner zitellona.

In quell'oscurità, Nanna arrossí come una vampa. Se avesse avuto sotto mano quell'uomo, in quel momento lo avrebbe ucciso.

Toccò fremendo nel paniere della cognata, e sentí il fiore di filigrana.

Intanto Gaudenzio si allontanava pian piano traverso le aiuole.

Ella non prese tempo a riflettere. Ravvolse fiore e gomitolo nella pezzuola di Rosetta, e la spinse con impeto dietro il donatore insolente. Poi rientrò nel forno, e tornò a guardare traverso le imposte.

Gaudenzio stava fermo in piedi, ed osservava attentamente qualche cosa. Forse la pezzuola di Rosetta. Nanna provò un momento di amara soddisfazione. L'aveva fatto apposta a respingere i doni nella pezzuola della cognata. Egli li crederebbe respinti da lei, e gliene serberebbe rancore.

XXIII

Quell'insulto finí di avvelenare il cuore di Nanna. Da quella sera il suo odio contro Gaudenzio e la cognata divenne sragionato, implacabile.

Non era piú gelosia; non era piú invidia; era odio, era sete di vendetta.

Invece di porre ostacoli al loro amore, come aveva fatto fin allora, desiderava che accadesse qualche enormità per sorprenderli e svergognarli.

— Ch'egli le renda soltanto la pezzuola — pensava — poi dirò tutto.

E pregustava l'amara soddisfazione, di confondere ed avvilire la bella Rosetta.

Si figurava di vedere la cognata rientrare in casa colla pezzuola al collo, e di domandarle: — Come? Non l'avevi perduta quella pezzuola? Non te l'avevano rubata?

E l'altra inventerebbe delle scuse:

— Sí; ma l'ho trovata nell'orto, — oppure:

— Me l'ha portata il tale; o la tale — e non nominerebbe Gaudenzio per non dire d'avergli parlato da sola.

Ed allora lei, Nanna le direbbe dinanzi a tutti, il babbo, la mamma, il marito geloso, tutti:

— Bada; dici la bugia. È Gaudenzio che te l'ha data. Io lo so, perché sono stata io che l'ho gettata a lui la notte di Santa Lucia. E direbbe del fiore; e Pietro rimanderebbe la moglie infedele ai suoi parenti; e la casa sarebbe liberata per sempre dalla bella Rosetta e dal suo amante insolente...

Quell'anima avvilita s'inebriava di tali visioni crudeli.

Ma non si realizzarono. Appena fu giorno, Rosetta corse in cucina per vedere se Santa Lucia le avesse portata la strenna, e fece un chiasso da non dire per la scomparsa della pezzuola. Se ne lagnò con tutti. Quella perdita reale, le fece dimenticare il dono vagamente sperato.

— Oh, chi ha trovato la mia pezzuola? — andava gridando nel cortile. — Pacifico, se andate fuori, guardate se vi riesce di trovarmi la pezzuola lungo il viale — e s'avviava ella stessa a cercarla dall'altro lato nell'orto.

— Non vorrei che la riavesse subito da Gaudenzio, poi venisse a dirci di averla trovata, ed io non potessi smentirla — pensò Nanna. E si pose a fianco della cognata, per verificare che la pezzuola non si trovava

Ma i suoi calcoli l'ingannarono. Aveva contato senza l'astuzia di Gaudenzio. Egli non era un cavaliere errante. Non pensò a tenersi quella pezzuola sul cuore, ad assorbire il profumo della donna amata.

Gli premeva di non suscitare scandali, di non destare il sospetto ch'egli fosse entrato nell'orto, di notte.

Quando le due cognate furono presso la siepe, Rosetta mise un grido:

— Ecco! È qui! — Nanna fu tutta scossa. Nella sua idea fissa, credeva di vedere Gaudenzio. Vide invece la pezzuola, distesa sui rami della siepe.

Era sconfitta. Nessuno poteva dire chi l'avesse posta là. Se avesse dichiarato che era Gaudenzio non l'avrebbero creduto. Sarebbe stato rivelare inutilmente lo scherno del gomitolo di cui soffriva tanto.

— È Santa Lucia che t'ha fatta la grazia di toccare il cuore al ladro — suggerí Maddalena.

Nanna lasciò dire, e si propose di vendicarsi in altro modo.

— Li riprenderò — pensava. — Quello spillo deve darglielo. Egli non ci rinuncierà cosí facilmente; ed io non frapporrò altri ostacoli. Ma appena sarà nelle mani di Rosetta, allora parlerò. Ci sarà la prova. Quel grullo di Pietro è tanto cotto della sua sguaiata di donna, che senza prova non vorrebbe darmi retta.

La sera nella stalla non perdette una parola né uno sguardo di Gaudenzio. Egli teneva il broncio a Rosetta; ma era chiaro che Rosetta non ne capiva il motivo. Era tutta sorpresa. Gaudenzio, per dimostrarle meglio il suo risentimento, corteggiava Lucia.

— Vi ha portata la strenna la vostra santa? — le domandò.

— Non ho messo fuori il paniere — rispose la bimba, tra meravigliata e contenta di vedere quel gallo della checca occuparsi di lei, mentre la sera innanzi era stato galante con Nanna.

— Perché non l'avete messo? — domandò ancora Gaudenzio.

— Perché sapevo già che Santa Lucia non mi porterebbe nulla.

— È vero. Santa Lucia porta la strenna ai bimbi, e voi siete una giovane da marito.

Lucia sorrise e si fece rossa; un istinto di civetteria, da innamorata, le inspirò il desiderio di dire, o almeno di far capire, il vero motivo geloso per cui non aveva messo il suo paniere cogli altri due.

— Nanna e Rosetta sono piú grandi di me, e l'hanno pur messo fuori il paniere.

Aveva preparato senza volerlo la via al discorso cui mirava Gaudenzio. Invece di domandarle com'ella s'aspettava, perché lei sola non avesse fatto come le altre, le disse:

— Dunque Rosetta e Nanna l'hanno avuta la strenna?

— Síí! — gridò Rosetta — Bella strenna che ho avuto io! Mi hanno rubata la mia pezzuola.

— Ve l'hanno rubata? — ripetè Gaudenzio con piglio incredulo.

— Sicuro; e poi si sono ravveduti, e l'hanno lasciata sulla siepe dell'orto.

— Siete ben certa di non esser sonnambula, e non averla fatta andare voi stessa sulla siepe dell'orto?

— Ma che! Ho dormito tutta la notte d'un fiato.

Allora Gaudenzio si pose a scherzare su quel sonno profondo, come un uomo che non ci credesse. Era persuaso che Rosetta avesse respinto il suo dono, e se ne pigliava una piccola vendetta da amante offeso ripicchiando le parole di lei, e corteggiando la sorellina che era tutta rossa di gioia

Rosetta si fece triste, e quella sera si coricò senza parlare a Lucia. Ella pure era gelosa. Quando la bimba fu addormentata stette a guardare a lungo quel visino gentile, ancora infiammato dalle emozioni della serata, e sorridente nel sonno.

Provò un momento di dispetto al vederla tanto bellina.

La domenica tornò Pietro, e la sera nella stalla disse che per tutta la novena di Natale non andrebbe piú a fare trasporti, e lavorerebbe nell'orto.

— Sarebbe ben meglio — disse Nanna, — che tu stessi a casa sempre.

— Perché? — domandò Pietro.

— Perché... perché... via il gatto i sorci ballano. — E gli occhi delle due cognate s'incontrarono. Rosetta, che aveva sulla coscienza la storia del paniere, e la speranza con cui l'aveva messo alla finestra, s'affrettò a parare il colpo.

— Sí; ne abbiamo fatte delle nostre questa settimana — disse al marito. — Nanna ed io abbiamo messo fuori il paniere per Santa Lucia.

— E Santa Lucia ha rubato la pezzuola di Rosetta — aggiunse Nanna.

— Ma l'ho riavuta, sai. Era sulla siepe dell'orto.

Pietro guardava sospettosamente le due donne. Capiva che Nanna aveva l'intenzione di accusare sua moglie. Ma di che? Forse aveva ricevuta una strenna? Egli domandò col cuore serrato:

— E cosa ci avete trovato nel paniere?

— Nulla — disse Rosetta — M'è rincresciuto assai di trovarlo vuoto.

— Cosa ti aspettavi di trovarci? Lo spillo della salumaia? — domandò Nanna con ironia.

Gaudenzio, che aveva scoperto studiando Rosetta ch'ella non sapeva nulla dello spillo dato e respinto, a quella parole di Nanna si confermò nel sospetto già concepito contro di lei.

Rosetta invece non indovinò la cosa, e colse l'occasione per insidiare al marito l'idea di quel dono.

— Lo spillo non me lo potevo aspettare — disse — perché Pietro era fuori.

— Ma che! — gridò Maddalena spaventata per la seconda volta da quel pensiero ruinoso. — Quand'anche fosse stato qui, Pietro non avrebbe potuto fare una spesa simile.

— Che cosa ne sapete voi, se posso o se non posso? — rispose con impeto Pietro, a cui aveva fatto piacere il sentire che la moglie aspettava il gioiello desiderato solamente da lui. Ma dopo quella risposta si vergognò d'aver osato dir tanto, ed uscí dalla stalla.

Allora Gaudenzio prese il suo posto.

— A Novara — disse — per Natale si mette fuori dalla finestra una scarpa. Ed allora è il Bambino che porta la strenna.

— Io non metto fuori piú nulla — rispose Rosetta.

— Provate. Non avete udito, che Pietro non si sgomenta del prezzo di quello spillo? Date retta. Mettete fuori lo zoccolo. Chissà che lo spillo non venga. — E vedendo che le vecchie parlavano tra loro soggiunse a bassa voce:

— O dal vostro uomo, o da... Gesù bambino — concluse incontrando lo sguardo di Nanna.

Egli stava in guardia, ora che la sapeva informata di tutto; ma tuttavia persisteva a voler fare il suo dono a dispetto di lei. Faceva a fidanza sull'ambizione di Rosetta e sulle proprie attrattive.

— Si vede che le piaccio. Sfido! Accetterà lo spillo, ed inventerà una zia, una parente qualunque per dire che gliel'ha regalato, e per poterlo portare. Le donne sono tutte cosí. Un gioiello ed un bell'uomo, e addio virtú.

Nanna dal canto suo, aveva bisogno che quel dono si facesse, per servirsene di arma contro la cognata; e lasciava fare fingendo di non avvedersi di nulla.

— Sí — disse; — metteremo fuori i nostri zoccoli. Questa volta ci starà anche Lucietta. Lei che è piú giovane ci porterà fortuna.

Poco dopo uscí dalla stalla per andare a coricarsi. Pietro era seduto sulla trave nel cortile. Egli le domandò:

— Si va a dormire?

— Io ci vado — rispose Nanna. — Non ho nessuno che mi faccia la corte io. — Ed entrò in cucina, e di là nel forno, poi nella sua stanza, lasciando il fratello con una spina di piú nel cuore.

Poco dopo la raggiunse Lucia che, dacché Pietro era a casa, dormiva con lei. La bimba era tutta esaltata da quell'idea della strenna.

— Gli zoccoli si distinguono meglio dei panieri — diceva. — I miei sono verdi; i tuoi sono neri lucidi; e quelli di Rosetta sono rossi a fiori gialli. Non si possono confondere.

La vigilia di Natale, Nanna disse a Maddalena:

— Mamma, me la lasciate fare a me la torta per domani?

— Possiamo farla insieme.

— No; lasciate che la faccia io, mentre gli uomini saranno fuori per la messa della mezzanotte. Mi piace di stare alzata la sera di Natale, finché suonano le campane. Debbo dire delle orazioni lunghe.

Maddalena non fece altre difficoltà.

La sera andarono prestissimo nella stalla. Quasi subito giunse Gaudenzio. Gli uomini dovevano recarsi insieme all'osteria, e di là alla messa della mezzanotte.

Lucia cinguettò tutta la sera di zoccoli e di strenne. Rosetta non osava parlare. Gli occhi del marito erano intenti su di lei, e dopo la piccola scherma di parole sostenuta colla cognata per l'affare della pezzuola, la povera sposa era sempre impaurita.

Non aveva nulla di grave da rimproverarsi. Tra lei e Gaudenzio non esisteva nessuna intimità. Ma sentiva di volergli bene piú che non dovesse; si conosceva debole accanto a lui; aveva capita la sua intenzione di regalarle lo spillo, e non aveva il coraggio di respingerlo. E tutto codesto la turbava, e la faceva tremare dinanzi al marito come una colpevole.

Ed il marito s'era fatto piú cupo. Il suo sguardo era pieno di sospetti e di misteri.

Prima delle dieci gli uomini si alzarono per uscire.

— Dunque lo zoccolo? Lo metterete fuori? — disse Gaudenzio senza rivolgersi particolarmente a Rosetta perché si sentiva vigilato da Pietro.

— Sí — disse Lucia con entusiasmo.

— Sí — disse Nanna fingendo la stessa animazione.

Rosetta non disse nulla. Gaudenzio non poteva decidersi ad uscire. Pietro s'avviò pel primo; ma si fermò sull'uscio nell'oscurità. Gaudenzio, che lo credette nel cortile profittò del momento per accostarsi a Rosetta dondolandosi sui fianchi e canticchiando:

Va là va là Pepin...

— L'avete a mettere fuori anche voi lo zoccolo — sussurrò. E s'avviò per uscire riprendendo la sconcia canzone.

Nanna che era accanto alla porta udí un sospiro represso, e vide Pietro che s'allontanava soltanto in quel momento, affrettandosi prima che Gaudenzio giungesse alla porta.

— Bene — pensò. — Sospetta già qualche cosa. Mi sarà piú facile aprirgli gli occhi — e gli tenne dietro collo sguardo, e lo vide che se ne andava con passo lento, a capo chino, in atto di profondo scoraggiamento.

In quel momento tutto il passato di quel fratello, timido, amoroso e buono, le passò nella mente come una visione. La sua ammirazione infantile per lei, la spontaneità con cui s'era offerto d'andare nelle risaie per aiutarla a guadagnarsi l'argento, le cure che le aveva prestate nella sua malattia lontana da casa, l'offerta generosa di rifarle il letto nuziale co' suoi risparmi. E provò una fitta al cuore pensando al dolore che si disponeva a recargli. Ma tutto codesto passò in un lampo. Il tempo che Gaudenzio impiegò a traversare la stalla. Rosetta usciva anch'essa. Senza interrompere la sua canzone, quando furono nel buio della porta, Gaudenzio allungò un braccio, prese Rosetta per la vita e la strinse forte, gridando a squarciagola:

Te gh'et la donna bella

. . . .

Poi se ne andò cantando sempre, senza avvedersi di Nanna che era celata nell'oscurità.

Quell'abbraccio fece dileguare nel cuore geloso della fanciulla tutta la pietà pel fratello.

— Non sono io che gli faccio del male — diceva tra sé. — È questa scostumata di bellezza che si è tirata in casa. Sarà il dolore di un minuto; come strappare un dente. E poi quando l'avrà rimandata ai suoi parenti vivrà tranquillo con noi, e non avrà piú dispiaceri, ed io non avrò piú umiliazioni. Infine quello che faccio, lo faccio pel suo bene.

Ed uscí dall'ombra, e si diresse verso la cucina. Rosetta si voltò al rumore degli zoccoli, vide che Nanna era dietro a lei, e capí che aveva assistito a quella scena di cui era ancora tutta agitata.

In cucina Rosetta, impaziente di ritirarsi nella sua stanza, prese la lucerna che era sulla tavola. Nanna le si accostò per accendere la sua. La luce le rischiarò tutte e due in volto. Nanna fissò la cognata negli occhi; questa li abbassò. Si sentiva scrutata fin in fondo al cuore. Arrossí vivamente e salí in fretta nella sua camera. Ma Lucia la seguí gridando:

— Dammi lo zoccolo.

— No, lascia.

— Sí, me lo devi dare. Sai pure che Gaudenzio ha raccomandato di metterlo tutte e tre. Via, sii buona, dammelo.

E la piccina corse alla cassa, ne tolse uno zoccolo da festa rosso a fiori gialli, e fuggí tenendo in alto la sua conquista col braccio disteso.

— Quella ragazza è innamorata — pensava Rosetta. — Si figura che Gaudenzio le voglia bene; ed egli fa la corte a me che sono maritata. Oh santo Dio! E nell'ottava di Natale bisognerà andare a confessarsi. Cosa ho da fare io? Non me lo posso cacciare via dal cuore, cosí come una mosca. Io non ci ho colpa. Non ho fatto nulla per volergli bene. È venuto da sé. Oh, se Pietro fosse un altro uomo! — Intanto la bimba proseguiva allegramente la sua raccolta. Scese, entrò nella stanza di Nanna, prese lo zoccolo nero lucido; poi aperse il fagotto che le teneva luogo di valigia, cavò fuori il suo zoccoletto verde, piccino piccino, e corse in cucina a schierarli sulla finestra.

— Guarda, Nanna, come stanno bene. Ci batte sopra la luna. Si distinguono perfettamente. Il Bambino non può sbagliare.

— Bene — disse Nanna. — Ora va a coricarti, se vuoi avere la strenna. Il Bambino non vuol essere veduto.

— Síí! Il Bambino! È un bambino grande, quello... — rispose la fanciulletta con malizia; e si ritirò ridendo nella camera di Nanna, e si cacciò in letto, e fu ben presto rapita in sogni deliziosi di strenne, di fiori d'argento, d'amori, di nozze.

XXVI

Nanna rimase sola, e s'affrettò a porre le mani in pasta per la torta del Natale. Era agitata, convulsa. Le sanguinava ancora il cuore ogni volta che si ricordava quel gomitolo, ed il modo indegno con cui s'era cercato d'illuderla per farsi beffe di lei, in omaggio alla cognata. E lo ricordava sempre.

— A questo modo non si va avanti — pensava. E ripeteva in sé stessa molte considerazioni sull'onore della famiglia, sulla pace del fratello; e si forzava di persuadersi che la cognata fosse una grande colpevole, per rinfrancarsi nei suoi propositi vendicativi, e per vincere un vago sgomento che l'assaliva all'idea della catastrofe che stava per suscitare.

Quella torta dovette riescire soffice come una spugna, grazie all'energia febbrile con cui Nanna maneggiò la pasta, stirandola, battendola, ravvoltolandola in tutti i sensi.

Finalmente suonarono le undici e mezza:

— A momenti sarà qui — pensò Nanna. — Porterà la sua strenna prima della messa, per dar tempo a Rosetta di pigliarla avanti che torni Pietro. Ma non la piglierà. Ci sarò io prima di lei a raccogliere il fiore. E la bellezza dovrà spiegare a suo marito da che parte viene.

Ed intanto stese la torta rapidamente, l'arrotondò, v'impresse col dito tante piccole fossette, la spolverò di zuccaro; poi si lavò le mani, e si pose in ascolto dietro la finestra del forno.

Gaudenzio era già entrato nella siepe. Nanna lo seguí coll'occhio fino alla finestra accanto, ed il suo cuore balzava come quando era stata presa dal tifo.

Questa volta non si affrettò ad aprir l'uscio e guizzare in cucina. Sapeva già cosa potrebbe trovare, e non voleva respingere nulla. Dal canto suo Gaudenzio, dopo aver deposto qualche cosa negli zoccoli, non ebbe premura di allontanarsi. Voleva vedere se gli respingerebbero il dono come l'altra volta. Si pose nell'ombra presso il muro tra le due finestre, ed aspettò.

Nanna udiva il respiro affannoso del carrettiere traverso le gelosie, e reprimeva con fatica il suo. Quei due cuori battevano collo stesso impeto, nel silenzio della notte, soli, ad un passo l'uno dall'altro; ma fra i sentimenti che li agitavano c'era un abisso; dall'odio all'amore.

— Se non se ne andasse! — pensò Nanna. Ed un momento vide rovinare tutti i suoi progetti.

Aspettò ancora alcuni minuti. Un tempo infinito per la sua impazienza angosciosa, poi s'udí scoccare il primo segno della messa. Tese l'orecchio, ma il suono della campana le impediva di udire se Gaudenzio si movesse.

— Pure alla messa ci deve andare — pensò. — Pietro lo aspetta, non mancherà.

In quella una figura alta uscí dall'ombra della casa, e s'avviò rapidamente traverso l'orto alla siepe. Nanna aveva indovinato. L'innamorato correva alla messa per non destare sospetti nel marito colla sua assenza. Ella stette a guardare quel portamento baldanzoso, quel cappello sull'orecchio, finché la grande ombra ebbe varcata la siepe. Poi si nascose il volto fra le mani, e rimase a lungo assorta ne' suoi pensieri d'odio, di vendetta.

Suonò l'ultimo segno della messa.

— Che Natale, mio Dio! — mormorò Nanna. — Ho mai avuto tanto veleno nel cuore. Che cosa ho fatto per essere disprezzata, avvilita, come sono? Ma è venuta la mia volta. Li avvilirò anche loro e resterò io la padrona di casa.

La campana tacque e s'udí un passo lento avanzarsi verso il cortile dalla parte del viale.

Nanna balzò in cucina, nell'idea di impadronirsi dello zoccolo di Rosetta, e portarlo nella sua stanza, per presentarlo poi la mattina alla cognata dinanzi al marito, e dirle:

— Ecco la strenna che ho trovato nel tuo zoccolo, chi ce l'ha posta?

Si alzò sulla punta dei piedi aggrappandosi al davanzale della finestra, e guardò. Il suo zoccolo e quello della bimba erano pieni di chicchi; ne uscivano le carte frastagliate. Questa volta l'avevano trattata bene anche lei. Non s'era voluto irritarla. Nello zoccolo rosso e giallo di Rosetta, c'era ancora il famoso fiore in filigrana.

Nanna alzò la mano per pigliarlo, ma in quella l'uscio della cucina venne aperto, ed entrò Pietro.

Rimase confuso al vedere la sorella là accanto alla finestra.

Anche Nanna fu turbata sulle prime. Non si aspettava quella venuta improvvisa, e non era preparata a fare sul momento la sua terribile rivelazione.

Esitò un minuto; poi il suo cattivo genio le suggerí questo pensiero perfido:

— È il Signore che lo manda perché io gli apra gli occhi. — E disse forte:

— Stavo guardando gli zoccoli...

Gli occhi di Pietro esprimevano una paurosa ansietà. Fece un passo verso la finestra, ma non osò andare innanzi. Si vergognava, colla sorella invidiosa, della galanteria che voleva fare alla moglie. Nella sua timidezza morbosa, sentí il bisogno di scusarsi.

— Ho portato lo spillo per quella donna, che ne ha tanta voglia — disse senza guardare la sorella, e mettendo sulla tavola un involtino leggero. Il piú difficile era detto.

Nanna si fece pallida di rabbia; ma Pietro senza darle tempo di parlare continuò a scusare quella gentilezza coniugale:

— Sono sempre troppo asciutto con lei! Le metto soggezione, e non so farmi voler bene... Dacché questo fiore le fa piacere... Non mi è poi costato tanto.

E continuava ad attorcigliare la carta dell'involto intorno al gambo del fiore, ed a tenerci intenti gli occhi, che non osava alzare per timore di scontrare quelli di Nanna.

Era ansioso di mettere il fiore nello zoccolo e di assicurarsi se Gaudenzio non l'aveva prevenuto. E tuttavia, intimidito dalla presenza della sorella, rimaneva là seduto sulla panca presso la tavola. Neppure quel dubbio orrendo che aveva nel cuore poteva fargli vincere la debolezza della sua natura fiacca.

— Ecco com'è amata quella sguaiata! — pensava Nanna. — È lí annientato per lei. Piú maltratta gli uomini, e piú l'adorano. Io non sono piú nulla dacché è entrata in casa. Babbo, mamma, fratello, amanti, sono tutti per lei. Ah! Se potessi schiacciarla!

E nell'esasperazione del suo cuore invidioso attinse il coraggio feroce di dire a quel povero uomo:

— Sei giunto tardi; ce n'è già un altro fiore.

Un grido disperato, straziante, uscí dal petto di Pietro, e finí in un singulto che lo scosse tutto.

Si coperse il volto colle mani, e singhiozzò disperatamente:

— Ah! Lo sapevo che sono di troppo a questo mondo! — Ed era tutto tremante e convulso, mentre stringeva qualche cosa nella tasca del farsetto. Poi si alzò, e si avviò verso l'uscio.

Nanna fu atterrita. In quel momento soltanto vide tutta l'enormità dell'azione che stava per commettere, lo scioglimento orribile che potrebbe avere. Ella aveva pensato soltanto a quanto desiderava lei. Ma ora vedeva che un marito innamorato e tradito non si limita a rimandare la moglie, ed a vivere tranquillamente co' parenti. È una parte della sua vita che si stacca da lui. I parenti non sono nulla dinanzi a tanto dolore.

Le si affacciò agli occhi una scena di sangue di cui s'era parlato a lungo pochi mesi prima. Un marito geloso del proprio fratello l'aveva ucciso, poi aveva uccisa la moglie.

Pietro nella sua profonda umiltà non avrebbe cercato di punire nessuno. Ma avrebbe ucciso sé stesso. Nanna lo indovinò dalla sua disperazione; e tutte le passioni ignobili che l'avevano esaltata si dileguarono dinanzi a quella paura.

Tutto questo le passò come un lampo nella mente e nel cuore e, prima che avesse tempo di fare un atto o di dir nulla, una parola di Pietro la confermò nel suo pauroso sospetto. Egli si voltò nell'atto di aprir l'uscio e le disse:

— Nanna, abbi cura dei nostri poveri vecchi!

— Pietro, dove vai? Cosa pensi? — gridò Nanna correndo a lui.

— Eh! A nulla; va là — disse Pietro respingendola; e poi sussurrò: — È meglio finirla che vivere a questo modo.

Nanna ebbe bisogno in quel momento di tutta la forza del suo carattere concentrato ed energico. Capí che le suppliche non avrebbero giovato a nulla su quella natura selvatica. Bisognava distruggere il sospetto geloso ch'ella stessa aveva suscitato con tanta perfidia. Non c'era altro mezzo per combattere la risoluzione di Pietro. Fece violenza all'angoscia che aveva di dentro, e si pose a ridere sguaiatamente.

— Ah grullo! Ci sei cascato! Ora lo so che sei geloso. Ah grullo! Ah! Ah! Ah!

Pietro si fermò a guardarla colla bocca aperta e gli occhi sbarrati dallo stupore. L'eccitazione nervosa di Nanna era ben dissimulata dal ridere convulso. Un raggio di speranza gli rischiarò il volto di tanta espressione di conforto, che Nanna se ne sentí incoraggiata e prese a sghignazzare piú forte.

— Ah grullo di uomo! Geloso dopo pochi mesi di matrimonio! Ah! Ah! Ah!

— Ebbene, se sono geloso di chi è la colpa? — disse Pietro tutto confuso. — Sei stata tu a venirmi a dire delle sciocchezze, di Gaudenzio, e di quella donna...

— Se lo dico che ci sei cascato, e che sei un grullo! Non l'hai capito che facevo apposta per farti ammattire? E tu subito a farti scorgere, a far il geloso. Stupido, va'! Dammi qui il fiore che lo metta nello zoccolo della tua donna.

Pietro sporse il fiore, esitante, quasi inebetito tra la speranza ed il timore. Ma appena l'ebbe dato gli tornò il dubbio angoscioso, ed afferrando Nanna pel braccio le domandò a bassa voce:

— Ma l'altro? Hai detto che ce n'è un altro. In che zoccolo l'hanno posto? — E fissandola negli occhi continuò: — Non può essere nel tuo, Nanna.

Quest'ultima parola era crudele. Nanna ne risentí una fitta al cuore. Ma aveva veduto troppo davvicino l'orrore del male. Represse l'impeto del suo orgoglio offeso, e rispose con uno sforzo di generosità, eroico sotto la sua forma volgare e grottesca:

— L'altro è nello zoccolo di Lucia. Ce l'ha posto Gaudenzio; che è innamorato di lei, e si confida con Rosetta. E la ragazza pure è cotta di lui. Anche questo non l'avevi capito? Che ci hai la cateratta agli occhi? Ah! Povero sciocco!

A quelle parole i nervi di Pietro, tanto lungamente eccitati, si allentarono; abbandonò il braccio di Nanna, ricadde a sedere, e gettando sulla tavola un coltello affilato che teneva nella tasca del farsetto, disse con voce cupa:

— Hai giocato un brutto gioco, guarda. Mi sarei ammazzato!

E scoppiò in un pianto convulso.

Nanna a quella vista, al pensiero ch'era stata sul punto di uccidere il fratello, fu presa da un brivido che la scoteva tutta; e per nascondere la propria agitazione andò ad aprire la finestra per mettere il fiore di Pietro nello zoccolo di Rosetta.

Pietro la guardava con un resto di dubbio. Non poteva credere a tanta gioia.

— Perché tremi a quel modo? — le domandò.

— Se credi che dia gusto sentir a parlare d'ammazzarsi, e vedere dei coltelli... — E rabbrividí ancora.

— Giura che quel fiore è nello zoccolo di Lucia; giuralo! — gridò Pietro con impeto.

Nanna aveva già la mano sullo zoccolo di Rosetta per deporvi il secondo fiore; afferrò rapidamente il primo, lo pose nello zoccoletto della bimba, e poi disse colla coscienza sicura:

— Lo giuro. Vieni a vedere.

Pietro non rispose altro. Sospirò con soddisfazione, chiuse lentamente il coltello, e lo pose nel cassetto della tavola; poi rimase immobile coi pugni alle tempia guardando fissamente la tavola. Pensava forse tutte le angoscie sofferte; era ancora abbattuto, ma era calmo. Nella rettitudine del suo cuore non poteva sospettare che la sorella giurasse il falso; e dopo quel giuramento non dubitava piú. Considerava la cosa sotto un aspetto diverso. Dacché Gaudenzio era innamorato di Lucia, tutte le sue confidenze a Rosetta si spiegavano da sé. Le parlava della bimba e del suo amore.

XXVII

Rosetta, dalla finestra della sua stanza che dava anch'essa sull'orto, aveva veduto giungere e ripartire il bel Gaudenzio. Aveva aspettato trepidamente che suonasse l'ultimo segno della messa per esser sicura che tutti gli uomini fossero fuori. Nanna a quell'ora doveva aver finito di preparare la torta, ed essersi coricata.

Era il momento buono per scendere a togliere lo spillo dallo zoccolo.

Il rimorso e la paura le torturavano il cuore.

— Vorrei che non l'avesse portato — pensava. — Non avrò che il fastidio di nasconderlo. E poi? Avrò un'obbligazione con Gaudenzio. Cosa pretenderà in compenso? Ah! Quel demonio di uomo è tanto bello, e sa tanto fare; non gli si può dire di no. Oh Signor Iddio benedetto! Come andrà a finire? Io voglio essere una brava donna. Mi piace di ridere; ma non voglio fare del male. Pietro non lo merita. È un po' selvatico; ma mi vuol bene, ed è buono come il pane, poveretto.

Ed intanto scendeva pian piano, passando scalza, con quel freddo, dinanzi alla camera dei vecchi.

Nell'aprire l'uscio della cucina rimase sorpresa di trovarci il lume acceso. Vide il marito e la cognata, e si fermò esitante non osando entrare.

Nanna comprese che, se non l'aiutava, quella comparsa avrebbe ridestato i sospetti del fratello.

— Oh! Qui c'è Rosetta — disse forzandosi di apparire tranquilla — Ti sta sul cuore, eh, la strenna del Bambino?

— Oh no... — rispose Rosetta affrettandosi alla finestra, senza osare di alzare gli occhi. — So bene che non mi porterà nulla. Voglio soltanto ritirare il mio zoccolo dalla finestra. Temo che l'umido della notte lo guasti. Sta per nevicare.

Pietro, che aveva gli occhi gonfi dal pianto, andò sull'uscio dicendo:

— Non mi pare che voglia nevicare. E stette a guardare il cielo nell'oscurità per nascondere la sua commozione.

Intanto Rosetta prese il suo zoccolo, e sentendoci dentro il fiore, allungò la mano per gettarlo a terra di fuori. Ma Nanna le tirò dentro rapidamente il braccio e le sussurrò:

— Non lo gettare. È lui che ce l'ha posto. Ringrazialo. — E la spinse verso Pietro.

Rosetta guardò la cognata, la vide commossa e rimase atterrita. Che sarebbe di lei? Che sarebbe del fiore di quell'altro?

Intanto Pietro rientrava. Nanna spinse di nuovo la cognata verso di lui, e disse:

— Ne vuoi sentire una buona, Rosetta? Questo povero grullo, grande e grosso com'è, aveva paura di Gaudenzio. Era geloso.

— Ma che! Geloso! Non è vero — disse Pietro tutto confuso.

Quanto a Rosetta, non capiva ancora. S'era fatta pallida; credeva che la cognata le preparasse una perfidia. Ma Nanna ripigliò:

— Non istar a negarlo. Forse che non t'ho visto piangere? E questo l'avevi comperato per mandar cipolle? — E pigliato il coltello nella tavola, lo teneva alzato dinanzi a Rosetta, che rabbrividiva tutta a quella vista. Poi rivolgendosi a lei continuava:

— Figurati! Egli credeva che Gaudenzio l'avesse con te. Come se non ci fossero altre donne che la sua a questo mondo, aveva paura che gliela mangiassero.

— Oh! Io non penso a Gaudenzio — disse Rosa che cominciava a comprendere d'aver nella cognata un appoggio.

— Síí! Vaglielo a dire. Ho dovuto raccontargli tutto; che Gaudenzio è innamorato della bimba, che te lo confida, che ha messo il fiore d'argento nel suo zoccoletto verde; tutto, se ho voluto che mi credesse. Ed ora si vergogna; ma non sarà tranquillo, guarda, finché non glieli fai vedere sposati. Io lo conosco.

Pietro era sugli spilli per la vergogna.

— Vuoi finirla? — disse con mala grazia. — Io non ci penso neanche.

Rosetta, troppo agitata per poter parlare, saltò al collo del marito e lo baciò con trasporto, malgrado i suoi sforzi per respingerla. Si sentiva salvata.

— Sí, sí — gli disse con uno slancio di cuore. — Lucia è innamorata, e debbono sposarsi. — E soggiunse con tutta l'espansione che le era naturale:

— Ne sono tanto contenta! È come se mi facessi sposa io stessa un'altra volta. E voi, uomo, siete contento? — E lo abbracciò e poi abbracciò Nanna esclamando:

— Avremo sponsali in famiglia; saremo tutti felici. — E le strinse la mano sussurrandole all'orecchio:

— Grazie, Nanna. Mi hai proprio fatto da sorella.

Era cosí sollevata dal sentirsi sfuggita ad un pericolo, che non dubitava del consenso di Gaudenzio, non dubitava di nulla, si sentiva riconciliata con sé stessa ed era felice.

Nanna lasciò soli gli sposi ed uscí nel cortile. Dopo tanta concitazione provava il bisogno di piangere, e pianse a lungo in silenzio. Un profondo pentimento le era entrato nell'anima. Dinanzi alla disperazione di Pietro, alla riconoscenza sincera di Rosetta, era tornata buona, e sentiva orrore de' suoi sentimenti malevoli; e diceva:

— Povera giovane: non ha che diciotto anni infine. Dovevo avvertirla prima, e mi avrebbe ascoltata. Ma avevo il demonio in cuore. Se gli avessi dato retta, che Natale d'inferno si sarebbe fatto in casa! Ma il Signore mi ha toccato il cuore. Quella campana di Natale mi rimescolava tutta laggiú nel forno...

E nondimeno tremava pensando all'avvenire. Ora, nell'impressione del primo momento, sentiva tutta la dolcezza d'aver fatto del bene, ed era soddisfatta. Ma poi? Quell'entusiasmo cesserebbe. Le cose prenderebbero il loro corso abituale. Gaudenzio sposerebbe Lucia, o cesserebbe di frequentare la casa. Piú probabilmente la sposerebbe, perché Lucia s'era fatta fresca come una rosa dacché era alla cascina; era giovane, bella, aveva qualche cosuccia, e Gaudenzio era già avanti negli anni; e poi Rosetta troverebbe modo di persuaderlo per la pace di tutti.

Pietro e Rosetta, ravvicinati da quella catastrofe, si amerebbero bene fra loro, e non potrebbero avere per la sorella vecchiotta e zitellona che un affetto secondario. Ella si troverebbe d'impaccio fra loro. I vecchi avevano poco da tirar innanzi. E lei povera Nanna, rimarrebbe ancora sola, ancora isolata, senza nessuno a cui volere tutto il suo bene, e che ne volesse altrettanto a lei. Ed allora, come farebbe a non invidiare quelli che hanno una famiglia e sono felici?

Tornerebbe al male senza volerlo, in causa delle sue circostanze, del suo isolamento. Pensò tutto codesto con angoscia, e pianse, e pregò con fervore:

— Oh Signore Iddio! Datemi una buona inspirazione. È la notte di Natale.

XXVIII

Uscita la sorella, rimasto solo colla sposa, ed incoraggiato dalle espansioni di lei, Pietro le aveva narrato piangendo le sue gelosie, i suoi timori, la sua disperazione, ed il proposito orrendo di uccidersi.

Erano commossi entrambi. Ed in quell'intimità infinita che lega gli sposi, in quelle prime lagrime versate insieme, si sentivano profondamente felici.

Ad un tratto qualcuno bussò con furia all'uscio, e la voce di Pacifico gridò:

— C'è qualcuno alzato?

— Sí, ci sono io. — disse Pietro scostandosi in fretta dalla moglie, e correndo ad aprire.

— Venite con me. Temo vi siano i ladri nella mia stanza, ci vedo un lume, ed ho lassú la bambina.

I due uomini s'affrettarono su per la scala, e Rosetta, che era coraggiosa, li seguí in silenzio.

Pacifico spinse l'uscio, e rimase immobile dallo stupore. Vide una lucerna sulla cassa ai piedi del letto; e Nanna inginocchiata accanto alla culla della bambina.

Pietro si fece rosso come una vampa al vedere la sorella di notte nella camera d'un uomo, e le gridò con mal garbo:

— Nanna, cosa fai qui?

— Sto guardando il mio dono di ceppo, e ne ringrazio il Signore — disse Nanna alzandosi. — Egli s'è ricordato anche di me, sebbene io sia vecchia e brutta; e mi ha mandato questa bambolina; e mi ha dato un cuore di mamma per volerle bene. Non è vero Pacifico, che debbo essere la sua mamma?

Pacifico nell'eccesso della gioia corse a lei colle braccia protese come per abbracciarla. Ma non osò fare quella scena davanti a tutti; e lasciandosi cadere le braccia penzoloni rimase come istupidito a guardarla a bocca aperta

Rosetta fu la sola che comprese tutto. E colla sua espansione spontanea, abbracciò Nanna e le disse:

— Iddio ti benedica, Nanna, per quello che fai a questa bimba, e a questo pover'uomo che ti vuol tanto bene.

— Oh sí, per me vi voglio bene — disse Pacifico.

— Davvero? — domandò Nanna con un lampo di gioia nello sguardo.

— Non lo sapete forse? Non vi ho forse già domandata per moglie? Siete stata voi che non mi avete voluto.

— Ma per la bambina, mi avete domandato.

— Per la bambina, ed anche per me.

— E dicevate che ero *vecchiotta e punto bella*... — disse Nanna con un po' d'ironia, incapace di sacrificare quel meschino risentimento alla bella parte che stava rappresentando. Appunto forse perché non rappresentava una parte, e nella sincerità dell'animo, si mostrava qual era, una donna con le sue debolezze nel bene come nel male.

— Ebbene — rispose Pacifico senza curarsi di disdire quelle parole per cortesia, — a me piacevate cosí. Di *Vecchiotte e punto belle* se ne trovano tante. Ma avete ben veduto s'io ne ho cercata un'altra. Sarei stato sempre solo, guardate. — E curvandosi per non essere udito soggiunse:

— È da quando ci trovammo in risaia che vi voglio bene.

Rosetta capí che avevano bisogno di restar un momento soli, e dando un urto col gomito al marito, gli fece segno di uscire con lei sul balcone.

Allora Nanna, con un'espressione di civetteria, che dissimulava male l'ansietà passionata di scoprire quanta parte d'amore le fosse ancora dato sperare da quello sposo, gli disse:

— Mi volevate bene, e ne avete sposata un'altra?

— L'ho sposata, perché ho dovuto sposarla, Nanna. Ora posso dirvelo, dacché lei è morta e voi sarete presto la mia donna. Quella poveretta, requie per l'anima sua, s'era trovata con mio fratello in una di quelle risaie del Piemonte dove giovani e ragazze lavorano appaiati alla trebbiatrice. E neanche i riguardi dell'onestà ci avevano in quella fattoria. Uomini e donne dormivano sullo stesso fienile. E, capite. Quei due ragazzi si volevano bene... Basta; dopo i lavori a mio fratello toccò d'andare soldato. Aveva preso le febbri in risaia e partí che non era ben guarito. Un po' di cruccio, un po' di male vite, che so io, si pigliò un tifo che lo mandò all'altro mondo in pochi giorni. Un pezzo d'uomo!... Basta; quando andai a trovarlo all'ospedale militare. mi disse:

"Quello che mi fa piú rincrescere di morire, è quella povera Caterina. Se il suo babbo lo sa, l'ammazza, o me la mette sulla strada".

— E piangeva che era una compassione. Io pensai soltanto a consolarlo e gli risposi:

"Senti, Michele. Siamo sempre stati buoni fratelli; metti il tuo cuore in pace, che alla Caterina cl penso io".

— E capite, Nanna; io avrei voluto sposare voi; ma la promessa fatta ad un moribondo si deve mantenerla. L'ho sposata io quella povera disgraziata, e le ho fatta buona compagnia; di rimorsi non ne ho; ma ho sempre voluto bene a voi.

— Ma allora questa bambina...? Disse Nanna quasi in atto di respingere la culla.

— Non ha piú né babbo né mamma — disse Pacifico in tono supplichevole; — ed io le ho preso a voler bene...

— Ed io pure gliene vorrò, e sarà come se fosse nostra — mormorò Nanna curvandosi verso la bimba addormentata, e baciandola sulla bocchina socchiusa. Poi soggiunse carezzandole i bei ricci biondi:

— E non andrà mai in risaia.

L'indomani era una benedizione vedere tutta quella gente alla mensa di Natale. Rosetta vezzeggiava il suo ispido uomo come se lo avesse sposato allora. I vecchi erano felici di maritare la figliola. Pacifico, lasciamo stare. Era sempre a guardare Nanna colla bocca aperta, e tratto tratto le diceva:

— Dunque sarete la mia massaia? Demonio di ragazza! Se vi siete fatta sospirare! Il letto è pronto; quand'è che comincerete a scodellare la minestra a casa mia? — Ed altre espansioni rustiche in cui metteva tutta l'anima, pover'uomo, come i loro sposi, mie belle lettrici, in un verso sentimentale.

Gaudenzio c'era anche lui; era andato al mattino a dar il buon Natale per sentire cosa ne era stato del fiore d'argento, e Rosetta l'aveva persuaso facilmente. A conti fatti non era una passione di quelle che logorano il cuore, la sua. Aveva un capriccio per quella bella sposa; ma l'idea di sposare quel gioiello di bimba, ed innamorata poi che lo lasciava traspirare da tutti i pori, gli andò a sangue; e fu un affare concluso; tanto piú che Rosetta lo assicurò d'essere stata a sedici anni sottile come un gambo di canape. Tutta quella floridezza le era piovuta intorno dai diciassette ai diciotto. Egli si figurava la sua sposina fra un anno triplicata almeno, ed era contento, e si dondolava più che mai, e si metteva il cappello tanto sull'orecchio che era un prodigio. E Lucia era in estasi dall'ammirazione, saltava di gioia, e trionfava col suo bel fiore d'argento nei cappelli bruni. Ed esclamava contemplando il ciuffo spropositato del suo sposo:

— L'avevo capito da un pezzo io, che parlavate sempre con Rosetta di me, e che mi volevate dare il fiore d'argento. Oh! Se l'avevo capito!

Povero cuore innocente! Non sapeva sotto che tempeste era cresciuto il suo fiore di ceppo.